(1)

李来柱 著

短诗选

李来柱 诗记

中国青年出版社

作者像

自序

　　诗歌是阐述心灵的文学艺术，它以凝练的语言、绵密的章法、充沛的情感以及丰富的意象来高度集中地表现社会实践生活和人类精神世界。诗歌的要务是教会人们保持清醒，乐观地面对生活，坦然地看待生死，理智地洞察人生。纵观中国历史，众多伟大的诗人光照千古，他们的诗词歌赋就像天空中的明星，映照万里，如先秦的《诗经》《楚辞》，以及汉乐府、唐诗、宋词、元曲，在各个时代都是文学艺术的高峰，形成了独特的美学内蕴，成为世界文学宝库的璀璨明珠。

　　诗歌不仅是一种高雅的文学艺术，更是思想的砥石，人生的结晶，生命品质中的要素。我的诗歌，写共产主义、党、国家、军队、社会、历史、文化，写农村、城市、工农兵、英烈，写家乡、入伍、入党、作战、学习，写战友、领导、乡亲……这些沾满泥土的小诗，扎根于大地，摇曳在战场，虽不起眼，却与工农兵和人民贴得最近。我热爱在这片土地上生活的人民，经常深入基层走访调研，与人民群众接触，与山河大地接触，与实际问题接触，获取鲜活的气息和营养，不断充电，不断前进。

著书写诗，完全是意料之外的事情。古书里面文臣武将、才子佳人占满了章页，农耕与工者却寥寥无几，这不符合历史。人民是历史的创造者，人民群众是真正的英雄。应为人民群众写书，为革命英烈写书，为党为国为军为千秋大业写书，写面向未来启迪人生的书。著书写诗，一不为权，二不为钱，三不为名，而是作为生活的记录、思想的自勉、精神的乐趣和心灵的自省，无偿向全国各族人民和单位赠书捐书，进行扶贫济困，办希望学校，建爱国工程等等，心底无私，天高地阔。著书写诗是历史的责任和炽热的情感使然。我出生于鲁西北平原的一个贫苦农民家庭，幼年时期目睹和亲历了日本侵略者"三光政策罪滔天"的恶行和"国土沦丧骨肉离"的惨剧。在山河沦陷、民族危亡的关键时刻，义无反顾地走上战场，发出"年仅十二当八路，誓斩敌寇保家园"的呐喊。战争年代，由于环境复杂，敌情多变，养成了适应变化、克服困难、抓紧时间、就地学习、点滴积累、快速写记的习惯，尽量使用简短的句子，记载经历，感知事情。随着文化水平的提高，日积月累由量变到质变，形成了日记式的诗文。所以，我将自己的诗歌称作"诗记"，即诗歌体的日记。这是诗记的独特风格和鲜明特色。后来，诗记伴随着战斗和工作的脚步，一路战斗一路歌，鲁西北平原的抗日烽火，中原大战的九死一生，打过长江去的壮怀激烈，进军大西南的淬炼磨砺，戎州征战的浴血洗礼，挥师渤海抗美援朝、保家卫国的士气，塞外卫国戍边的风雪寒霜，白手起家办军校的精神，大军区岗位的实践开拓，全国人大时的调研立法，离休后的公益服务，这些不仅是人生经历的大熔炉，也是诗歌扬芳吐烈的根土。它是在血洗征尘中熔铸的，是亲历者写成的；是一名亲历者对党、对祖国、对人民、对军队的无比忠诚；是人民群众激发思想和灵感，给予力量，通过诗句来倾吐心中的热血和大爱。

实录学习生活　谱写人生之歌

生命不息，学习不止。读书学习是人生的永恒主题，每时每刻都离不开。在茫茫黑夜中，学习为我拨开迷雾，点亮光明；在人民战争中，学习给我智慧力量，促我愈战愈勇；在和平时期，学习使我心系使命，居安思危。在艰难困苦的岁月里，那颗对知识的渴求之心总在寻找和攫取学习机会。部队行军打仗，学文化就以大地为课堂，以群众为老师，以实践为课本，以膝盖为课桌，把多识一个字当作多捉一个俘虏，把学会一门课当作完成一次战斗任务。向文化大进军中，既当教员又当学员，被评为"一等学习模范"，成为"文化战线上的优秀指挥员"；后来又到第六政治干部学校、第二高级步兵学校、军政大学、中央党校学习深造，成为中国军事科学学会高级研究员、中国作家协会会员，勤读书、勤思考、勤动笔，是养成的学习习惯；学必求深、悟必求透、研必求解、信必求诚、知必求行、用必求果，是自觉的要求。撰写诗记、传记、回忆录、文集、战斗报告、战斗故事、理论专著等数十部，不断向科学文化大进军，不断向文学艺术的高峰攀登。我的诗记有一大部分是记录学习生活的，正如在《论学》一诗中所写："为学之道贵恒勤，潜心铸炼求精深。胸怀理想游学海，心系使命砺终身。实践检验试金石，钢梁能磨绣花针。大浪淘沙竞千古，文章读罢品做人。"写诗就是写自己的心声，写诗需要以丰富的学识、丰厚的底蕴为基础，在不断学习中提高。

反映军旅生活　奏响冲锋战歌

无论是战争年代还是和平时期，我始终同战士朝夕相处、生死与共、情如手足。伟大的战士是对出生入死、英勇无畏、无私奉献革命战友的讴歌和礼赞。军人自有军人的风骨，不畏艰险，勇于奉献；战士自有战士的豪情，熏陶志趣，乐观向上。战场上的革命战士，冲锋号一响个个都是小老虎，猛打、猛冲、猛追，攻如猛虎，守如泰山。能攻能守，不怕顽强对手；勇敢战斗，不怕流血牺牲；善于战斗，不怕敌情多变；有我无敌，不怕虎穴凶险；连续战斗，不怕吃苦耐劳；争取主动，夺取最后胜利。英雄的部队，伟大的战士。战士的生活最有诗意。作为一名革命军人，诗记中没有灯红酒绿的狂歌醉舞，却不乏沙场征途的鼓角号音；没有艳词绮语，却不乏战友亲人的赤胆热肠；没有花前月下的闲情逸致，却不乏幽兰劲竹的气节情操；不事精雕细琢，但求直抒血性，一任真情喷涌。这种真情实感是对革命战争的讴歌，对国家建设发展的感奋，对祖国大好河山的赞美，对伟大革命精神的颂扬。军旅诗词的生命意义在于高擎理想的火炬，奏响冲锋的号角，崇尚爱国主义和英雄主义精神，这也是官兵的呼唤和人民的期许。无论是快乐还是忧伤，无论是豪迈还是婉约，都是用一颗自然而真诚的心与整个世界交流。在血与火的烛照中，人的意志品质和精神境界也随着战斗的脚步和奋进的诗篇一道沉淀净化，浴血升华。革命战士的一生，与党的事业紧密相连，与建设强大的国防和军队息息相关。诗歌，不仅是一个革命军人理想、追求、志趣的宣言，而且通过这一首首诗的长虹，托起了一部英雄部队的光荣史。这对于发扬人民军队优良传统，激励后代继往开来，具有深远的意义。

直面现实生活　唱响心中赞歌

我的诗记，直面生活，为民之事而作，文即所见，从实发感，思而动笔，就地诗成。凡所遇、所知、所见、所闻、所思、所感，只要是具有积极向上意义的东西，尽量用诗写下来，随时随处，兴之所致，酌情动笔，不拘一格，加有注释。我的诗歌，没有奇特的想象，奇怪的情思，有的只是平淡如水，近乎白话的语言，可却喷薄着最直白、最真诚、最炽热的情感。正如诗中所言："我的诗歌／我心中的歌／我生命的歌／不为展示艺术才华／不图表白儿女私情／不求浪漫情调／不喜无病呻吟／不故弄深沉／不追名逐利／讲究直意纯真／我抒发的是／历史的厚重与沉思／我表达的是／对祖国，对人民，对军队，对党的／热爱与忠诚。""研史成诗，凝思为赋"，记事以抒人民之情，告诉人们应当如何看待现实与历史。如果说人生是一首诗的话，那么感悟就是诗的灵魂，诗是生命自身闪耀着的光。"正诚勤志军旅情，朴乐新明民为先"的座右铭，"苦中砺志、学中砺智、责中砺勤、干中砺能、甜中砺节、搏中砺坚"的人生历练，成为生命中最深切的体验，也成为写诗作词的思想内核，深深融入到人生历练之中，逐渐形成了一条汹涌澎湃的情感长河。

创造幸福生活　筑成奉献之歌

什么是生活？生活是指人类为生存而进行的各种活动。生活反映人生的态度，是对人生的一种诠释。不同的人生观，有着不同的人生态度，绘制着各色的人生画卷。富有意义的人生应该想些什么、做些什么呢？国家人民！

为创造人民幸福而奋斗！这不仅是领导者的责任，也应该成为普通公民的追求。作为中华人民共和国公民、中国共产党党员、中国人民解放军军人，公民的义务永远不能丢，入党的誓言永远不能忘，军人誓词永远不能违，全心全意为人民服务的宗旨永远不能变。要以科学的思维，冷静的头脑；战斗的激情，宽广的胸怀；平和的心态，真挚的友谊；无私的关爱，勤奋的劳动；忘我的学习，积极的创新，能动地创造幸福美好的生活。有理想、有目标、有行动、充满人民利益的作为是最美好的生活，是最有意义的生活。战争年代，最高兴的事是打胜仗捉俘虏、穷人得解放做主人；最痛苦的事是战友牺牲、劳苦大众处于水深火热之中。伟大的事业需要伟大的精神，千百年来，中华民族艰苦奋斗、自强不息的精神改变着世间万事万物。在改造客观世界的同时也改造着主观世界，从必然走向自由。诗歌体现的是民族的魂，展示的是中国人的精气神，是民族的，更是世界的。诗歌在我们民族生活中具有极其重要的地位和作用，与中华民族伟大振兴的大业紧密相连。因此，必须以人民为中心，为人民服务，创造属于人民、为了人民、讴歌人民的诗歌，坚持中国特色社会主义文艺的前进方向，努力筑就中华民族伟大振兴时代的文艺高峰，书写中华民族新的史诗。

自 2000 年六本诗记和 2011 年八本诗记出版以来，引起了诗词界的关注，既给予了充分的肯定，又提出了许多宝贵的建议，不少朋友感觉意犹未尽，提出出长诗和短诗的问题。带着社会和友人的重托，这几年我辗转南国北疆进行走访参观，在实践中新创作了一些诗词，汇同以前的旧作形成了这套四卷本《李来柱诗记》：卷一《短诗选》收录短诗 200 首，卷二《长诗选》收录长诗 100 首，卷三《五言诗选》收录五言诗 202 首，卷四《七言诗选》收录七言诗 302 首。四卷本诗记是一个有鲜明内在联系的整体，战争年代部分，主要反映战斗岁月和部队火热战斗生活；和平时期，从部队到地方，从祖国的大江南北到世界各地，随走随写，有感而发。这些都贯穿于人民军队服现役 60 年和人生 80 余年，它们的根基是人民和祖国，有着蓬勃生机，像江河大海一样奔流不息。

希望更多的军旅诗人，扎根于五千年民族文化的深厚沃土，深入社会和军营实践生活，为之高歌，为之拼搏，创作更多的优秀军旅诗词，铸就代表中国军人精神风貌的美学风范，为强军兴军提供强大精神动力，进而成为中华民族伟大振兴的文化先声。

　　谨以此四卷《李来柱诗记》献给为国家和人民作出巨大牺牲和贡献的战友和同志，献给基层官兵和青年朋友，献给祖国的未来和民族的希望，献给伟大的党、伟大的祖国和伟大的社会主义事业，为建设富强、民主、文明、和谐的社会主义、共产主义而努力奋斗！

　　在此，向在整理出版过程中给予大力支持和帮助的单位和同志，表示真挚的感谢。如有不妥之处，存芹之衷，唯愿广求斧正。

目　录

二、解放战争时期

三、西南剿匪时期

四、社会主义建设时期

五、巍巍丰碑励后人

(1)

短
诗
选

一

抗日战争时期

活跃的儿童团

八岁参加儿童团，
站岗放哨任务艰。
机智灵活去送信，
不怕鬼子盘查严。
四一四三遭大旱，①
颗粒无获人瘦干。
敌人封锁雪上霜，
农会发动借米面。
地富粮商囤居奇，
先礼后兵破防线。
借粮斗争得胜利，
帮助大家度荒年。
封建迷信愚弄人，

开会入户去宣传。

进步思想人信仰，

解放妇女"小金莲"。

1943 年 5 月 5 日，于山东省莘县曹屯。

———————————————

① 四一四三遭大旱：四一四三，指 1941
年和 1943 年。

童子侦察兵

秋后蚂蚱敌疯狂，
奸淫烧杀抢民粮。
人民群众咬牙恨，
早盼八路打豺狼。
上级决定拔"钉子"！
主动请战摸情况。
日伪拉丁修炮楼，
扮成送饭闯过岗。
饭菜交给特务长，
趁机观察敌设防。
装作解手进库院，
骗过伪军好胆量。
机智沉着获敌情，

铲除据点受表彰。
人称童子侦察兵，
游击战火炼成钢。

1944 年 6 月 1 日，于山东省莘县大杨家。

奇袭莘县

里应外合捕战机，
奔袭莘县夜雨时。
内线接头暗号对，
神兵入城鬼不知。
铁杆汉奸阶下囚，
作伥伪军举降旗。
燕塔巍巍见天日，
聊城倭寇热锅蚁。

1944 年 8 月 1 日，于山东省莘县。

歇马亭伏击战

鬼子进村民遭殃，
灭绝人性行"三光"。
洼地设伏青纱帐，
敌人做梦也难想。
刺刀见红战士勇，
十二鬼子见阎王。
歼敌祝捷人欢喜，
我也缴获三八枪。

1944年8月15日，于山东省莘县大杜家。

历险斗日伪

连吃败仗敌沮丧，
恼羞报复来扫荡。
地雷铁钉加陷阱，
摧毁敌车有三辆。
边打边撤敌紧追，
急中生智树上藏。
敌近我现潜入水，
水性娴熟帮大忙。
一气潜游到对岸，
鬼子傻眼乱放枪。

1944 年 9 月 9 日，于山东省莘县。

战斗岁月

中华民族血火燃，
"三光"政策罪滔天。①
风餐露宿反蚕食，
针锋相对斗敌顽。
坚壁清野来无影，
化整为零去不见。
人民战争定胜利，
艰苦抗争持久战。

1945 年 2 月 13 日，于山东省莘县郭家。

———————————————

① "三光"政策罪滔天：指日本帝国主义
侵略中国时实行的烧光、杀光、抢光的罪恶
政策。

游击战

封锁线上敌我争，
机动灵活匿影踪。
微山湖畔飞虎队，
二十三团显神通。①
声东击西游击战，
灭寇除奸炮楼崩。
英勇战斗保家乡，
驱逐倭贼指日功。

1945 年 5 月 1 日，于山东省莘县楚家。

---

① 二十三团显神通：八路军二十二团、二十三团等部队，在鲁西北一带打日本鬼子很著名。

支前

反帝反封大宣传，
站岗放哨儿童团。
游击队员战日寇，
为民除奸青抗先。
平汉聊博大战役，
组织担架忙支前。
马桥河店打伏击，
五进据点炮楼端。

1945 年 6 月，于山东省莘县大杨家。

军民鱼水情

小米红枣香又甜，
井水热炕心相连。
沂蒙吕梁系太行，
晋冀鲁豫养育咱。
父老兄妹千般爱，
担架布鞋忙支前。
冬去春来整八载，
鱼水情深到永年。

1945 年 8 月 1 日，于山东省莘县。

烧"野牛"

日寇侵华刀枪逼，
国土沦丧骨肉离。
民族危亡心同仇，
我党高举抗战旗。
伟人布阵烧"野牛"，
人民战争显威力。
义无反顾上战场，
劲草哪怕风雨疾？

1945 年 9 月 3 日，于山东省莘县辛张里。

强攻东昌府

土匪顽伪杂牌兵，
祸国殃民恶满盈。
方形东昌湖环绕，
光岳楼上瞰全城。
三丈二尺城墙厚，
大车三辆并排行。
明暗火力上中下，
滑梯滚木刀叉凶。
枪炮掩护架云梯，
濒水投弹城墙登。
二纵战斗过得硬，
英雄团连打先锋。
扫除外围占东关，

四次登墙战英勇。
此时接到停战令，
顾全大局暂待命。

1946 年 1 月 13 日，于山东省东昌东关。

二

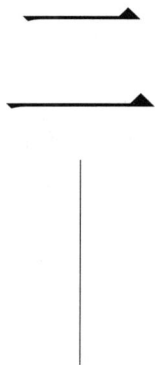

解放战争时期

(1)

短诗选

强渡黄河第一船

刘邓大军渡黄河，
战略反攻似利剑。
四连请缨打头阵，
官兵誓师勇争先。
夜黑浪大弹雨急，
勇士虎胆斗敌顽。
抢滩登陆头功立，
强渡黄河第一船。

1947年6月30日，于河南省濮阳县林楼。

战略反攻第一篇

蒋军调兵六十万，
重点进攻我鲁陕。
领袖挥指百万兵，
千里跃进大别山。
强渡黄河破天险，
大军横扫鲁西南。
血战羊山灭王牌，
战略反攻开新篇。

1947 年 7 月 30 日，于山东省莘县。

大别山初冬

敌情严重天又寒，
领袖牵挂衣衫单。
自己动手创奇迹，
刘邓教诲亮心田。
草木烧灰染颜色，
荆竹作弓棉花弹。
钢枪相伴习女红，
千军短时尽着棉。

1947年12月30日，于山东省堂邑县柳林。

入党

镰刀斧头交相映，
心潮澎湃思难平。
今日举拳立宏誓，
终生奋斗为革命。

1948年6月6日，于河南省方城县二郎庙村。

三件宝

革命战士三件宝，^①
红书钢枪小铁锹。
行军作战紧相随，
珍若眼睛保护好。

1948 年 6 月 10 日，于河南省方城县二
郎庙村。

---

① 革命战士三件宝：当时，行军打仗十分
频繁，为了保持高昂的战斗热情，部队强调
读书学习，注重加强思想政治教育，不断用
正确的思想武装官兵头脑；枪是战士的第二
生命，不论行军作战多么苦累，大家都把武

器装备保养好；小铁锹和小铁镐是修工事不可缺少的工具，在作战中有着重要作用。因此，这三件被誉为"三件宝"。

菩萨蛮·新式整军

民主运动内部兴，
一诉三查主人翁。
苦水都倒尽，
觉悟日日升。

解放战士多，
洪炉铸新生。
思想作风硬，
杀敌武艺精。

1948 年 9 月 17 日，于河南省方城县二
郎庙村。

渔家傲·铁道大翻身

昔日一线平汉路，
军阀混战百姓苦。
恶魔夷鬼夸财富，
兵车输，
内战烽烟掩九州。

淮海决战大军出，
横扫蒋匪守敌肃。
桥断洞塌道钉除，
路翻覆，
烈焰映空将士呼。

1948 年 10 月 31 日，于湖北省孝感县磨盘山。

切断平汉线①

昼夜急行王家店，
破袭切断平汉线。
奔赴百里迎拂晓，
南北铁路展眼前。
工兵炸桥车出轨，
铁道翻身路瘫痪。
牵制黄维兵北上，
中野主力赢时间。②

1948 年 10 月 31 日，于湖北省孝感县王
家店。

① 切断平汉线：1948年9月，在淮海战役总前委的统一指挥下，中原野战军二纵队配合桐柏、江汉两军区，向平汉路南段进击，以吸引黄维、张淦两兵团南顾而不能东援。9月17日下午，部队由方城地区出发南进。10月中旬，于应城、应山对敌吴绍周集团打击后，转入对平汉路南段花园市至广水之间的破击战。从10月30日至11月1日，攻克该地段内之王家店、汀湾、卫家店、中华寺，攻入花园市，毙俘敌304人，缴获各种枪215支，破坏铁路31华里，毁桥梁11座。

② 中野主力赢时间：中野，即中原野战军。

卜算子 · 过大洪山^①

挺进大洪山，
曲径林中穿。
昼夜行军不停步，
寒风来作伴。

冰河常洗澡，
冷雨勤擦汗。
誓让红旗满神州，
苦累心甘愿。

1948 年 11 月 15 日，于湖北省大洪山。

①　过大洪山：1948年11月，部队完成破袭任务后，即奉命由大别山西麓，经下店、黄陂站、定远店北渡淮河，向息县方向开进，准备截击由确山东援徐州之黄维兵团。部队于11月6日到达息县地区后，为在豫皖苏地区解决棉衣问题，而继续北进至沙河以北之芦台集一带。11月14日，棉衣问题解决后，进入围歼黄维兵团的战斗。

在没有穿上棉衣之前，部队指战员始终着单衣行军打仗。11月份的淮北大地，寒风凛冽，冷气逼人。连日里，天上下着小雨夹着雪花，干部战士没有雨衣和其它任何雨具，只能淋雨冒雪前进。横在部队面前的，还有一条条结了薄冰的河。当时，敌情严重，部队多，桥梁少，为了抢时间，必须涉水。每次下水前，大家把腿搓得发热发红，可一到河里，冰冷刺骨的水就像锥子一样扎在腿上，开始还觉得痛，走着走着就麻木了。上岸后赶快搓腿，待恢复了知觉，又痒得钻心。特别是河面上的薄冰凌，像刀子一样，腿被划出一条条红印子，好似千百只小虫子叮咬，又痛又痒。有时，河水深过腰，还要脱掉裤子，半截身子浸在冰水里。就这样，一连几天过了象河、沙河、洪河等十几条河流。几乎每条河都有这么一个过程，都留下些伤口。但是，干部战士没有一个叫苦的，照样很乐观。谁若不小心滑倒了，大家哈哈一笑，爬起来继续赶路。到了驻地，被子湿得不能盖，大家就挤在一起，下面铺稻草，上面盖稻草，照样睡得很香。靠广大指战员的坚强意志和人民群众的大力支援，部队战胜了千难万险，按时到达了淮海前线，以高昂的士气投入围歼国民党黄维兵团的战斗。

对于这段作战行动，中原军区给中央军委报告曾说："六纵冬衣原定由桐柏拨发，但二纵为争取时间破平汉路南段铁路，先行南行，嗣后桐柏腹地有敌，又有阻击黄维兵团之任务，乃改为转来豫皖苏就补，以致11月14日才在淮阳东南穿上棉衣，因乏冻死达七人。"

阵地"运粮官"

司务长，不简单，
一日三餐花样翻，
有干有稀吃得饱，
多打胜仗笑开颜。
司务长，素勤勉，
号房筹粮跑在前，
夜晚宿营有铺睡，
天明出发米袋满。
司务长，最清廉，
谨慎小心带银元。
官兵菜金攥手心，
从不枉花一分钱。
司务长，真勇敢，

飞机大炮只等闲。
接粮接菜几十里，
热饭送到阵地前。

1948 年 12 月 1 日，于安徽宿县顿庄核
心阵地。

机关枪

神枪见敌烈火烧，
怒目圆睁哒哒叫。
复仇子弹射敌阵，
蒋匪露头全报销。

1948 年 12 月 1 日，于安徽省宿县顿庄
围歼国民党黄维兵团的淮海战场上。

激战淮海

反复争夺堑壕平，
士气高昂战英勇。
阵地仅剩十二人，
耳畔突传炸弹声。
倒地昏死头重伤，
意外醒来战友惊。
誓与阵地共存亡，
八角帽上数十洞。
黄维兵团被歼灭，
人民胜利慰英雄。

1948 年 12 月 2 日，于安徽省宿县围歼
国民党黄维兵团的淮海战场上。

清平乐·猛虎展雄风

方城整训，①
官兵气更盛。
钓张拖黄入我阵，②
蒋军末日临近。

牵鼻调敌瓮中，
双堆自陷囚笼。③
四连顿庄拼杀，
猛虎一展雄风。

1948 年 12 月 2 日，于安徽省宿县顿庄淮海战场阵地上。

① 方城整训：方城，地名，河南省方城县；整训，指以"三查三整"为主要内容的新式整军运动。

② 钓张拖黄入我阵：张、黄，指蒋军的张淦、黄维两兵团。

③ 双堆自陷囚笼：双堆，地名，安徽省宿县双堆集，淮海战役中，敌黄维兵团指挥所所在地。

大反攻

狂人下山打内战，①
军民奋起保家园。
横扫残云渡黄河，
千里跃进大别山。
各大战区捷报频，
三大决战撼敌胆。
乘胜追击歼匪寇，
开辟历史新纪元。

1949 年 1 月 1 日，于安徽省涡阳县。

---

① 狂人下山打内战：狂人，指蒋介石。

卜算子·淮海决战

刘邓陈粟谭，^①
挥师冲霄汉。
千里江淮杀声急，
胜负大决战。

两月又五天，^②
威震敌胆颤。
将士雄风卷残云，
歼匪六十万。^③

1949 年 1 月 29 日，于安徽省临泉县老
集镇。

① 刘邓陈粟谭：指刘伯承、邓小平、陈毅、粟裕、谭震林。他们五人组成淮海前线总前委，刘邓陈为常委，邓小平为书记。

② 两月又五天：淮海战役所用的时间，共65天。

③ 歼匪六十万：当时讲歼敌60万，解放后公布的数字为55.5万。

渡江①

下野和谈施伎俩，②
划江而治设重防。
两军对峙三千里，
百万雄师过大江。
万帆竞发弹如雨，
势如破竹不可挡。
固若金汤神话破，
南线追击京沪杭。

1949 年 4 月 21 日，于安徽省安庆市。

———————————————

① 渡江：从 1949 年 4 月 21 日发起，国民
党政府的长江防线，在三天之内即完全崩溃。
从渡江到占领上海，总共用了一个月零七天，

消灭敌人四十余万。

②　下野和谈施伎俩：下野，指蒋介石下野，李宗仁代伪总统；和谈，指国共两党的和平谈判，因国民党政府拒绝签字而破裂。

卜算子·打过长江去

令下跃千帆，
金戈铁马唤。
蛟龙击水穿火海，
弹打江涛翻。

将士劈狂澜，
飞渡长江堑。
红旗似火化金汤，^①
江南丹阳艳。

1949 年 4 月，于渡江战役前沿阵地上。

---

① 红旗似火化金汤：金汤，指国民党长江
防线。国民党曾吹嘘长江防线"固若金汤"。

卫戍芜湖

穷追猛打歼逃敌，
卫戍芜湖转弯急。
奢风色雨新考验，
荷花出污不染泥。
两个务必刻心间，①
闯王警钟常敲起。②
艰苦奋斗葆本色，
革命到底志不移。

1949 年 5 月 10 日，于安徽省芜湖市。

---

① 两个务必刻心间：两个务必，指毛泽东
同志在中国共产党第七届中央委员会第二次
全体会议上提出的"务必使同志们继续地保

持谦虚谨慎、不骄不躁的作风，务必使同志们继续地保持艰苦奋斗的作风"。

② 闯王警钟常敲起：闯王，指明朝末年农民起义军领袖李自成。

岳西剿匪

江北残敌钻大山，
彭匪破坏新政权。^①
卫戍芜湖转岳西，
再次进入大别山。
发动群众剿顽匪，
奔袭包围聚而歼。
五百余敌全肃清，
政权巩固民心安。

1949 年 7 月 28 日，于安徽省岳西县。

———————————————————

① 彭匪破坏新政权：彭匪，指匪首彭文渠。

西江月 · 过洞庭①

江上驳船竞动，
湖中帆号齐鸣。
千里水路押辎重，
敌人骚扰毙命。②

洞庭波涛汹涌，
官兵斗浪前行。
突破险阻万道关，
迎来日出辉映。

1949 年 10 月 1 日，于湖南省常德市。

———————————————————

① 过洞庭：指过洞庭湖。洞庭湖在湖南省

北部，北连长江，南接湘、资、沅、澧四水。面积 2820 平方公里，号称"八百里洞庭"，是我国第二大淡水湖。

② 敌人骚扰毙命：敌人骚扰，洞庭一带刚解放，时有国民党残部、土匪在湖中出没，敌人的飞机也经常来湖上袭扰，企图破坏我军的水上运输。

进军路上庆建国

武装斗争流血汗，
推倒头上三座山。
井冈星火延安灯，
三大战役渡江战。
开国大典震寰宇，
普天同庆万民欢。
进军路上庆建国，
斗志昂扬进西南。

1949 年 10 月 1 日，于湖南省常德市。

桃花源①

陶翁画境终虚幻，^②
百代追寻求梦圆。
人民解放新天地，
桃源胜界展新颜。

1949 年 10 月 25 日，于湖南省桃源县郑家驿。

---

① 桃花源：东晋著名诗人陶渊明作的《桃花源记》和《桃花源诗》虚构了一个没有剥削压迫，人人自得其乐的世外桃源，表现了作者对理想社会的向往和追求，对封建社会的鞭笞和抗议。湖南省桃源县也因此而得名。
② 陶翁画境终虚幻：陶翁，指陶渊明。

过苗区

凤凰守敌惶恐乱，^①
敌人投降人民欢。
高脚小楼满山坡，
苗族人口占一半。
蒋匪压榨民困苦，
男人光身女衣褴。
纪律严明得民心，
山中走出青壮年。
眼药盐巴送同胞，
衣服赠给光身汉。
苗族人民受感动，
感谢大军解困难。
部队出发闻哭声，

鱼水情谊伴雨绵。

青年主动当向导，

乡亲撒糠胜路粘。

伸手搀扶送战士，

生怕滑倒心不安。

下山踏上平坦道，

含泪告别语难言。

情真意切过苗区，

军民高歌响云天。

1949 年 11 月 11 日，于湖南省凤凰县。

---

① 凤凰守敌惶恐乱：凤凰，即凤凰县。

强渡乌江占遵义

江水汹涌枪炮鸣，
排排水柱腾云空。
竹筏激浪疾如箭，
勇士振臂猛似龙。
弹雨纷飞天险破，
神兵无畏敌胆惊。
奔袭百里取遵义，
大军挥师向蓉城。

1949 年 11 月 21 日，于贵州省遵义。

解放遵义

石阡接令遵义占，^①
六百里路五天赶。^②
飞兵急袭到乌江，
雄兵乘筏破天险。
三占遵义守敌降，
古城人民夹道欢。
切断川敌逃黔路，
红旗漫卷娄山关。

1949 年 11 月 21 日，于贵州省遵义。

---

① 石阡接令遵义占：石阡，贵州省石阡县。

② 六百里路五天赶：按当时行进路线计算，

从石阡到遵义 600 里，时间只有 5 天，不仅要在 5 天时间内徒步行军 600 里，而且还要歼灭敌人。占领了遵义，就彻底切断了敌人从川南向贵阳逃跑的退路。

追穷寇

勒紧腰带甩把汗，
翻岭越壑闯重关。
铁腿夜眼追穷寇，
定让蒋匪葬西南。
三占遵义断敌路，①
将士激奋万民欢。
振奋精神重整装，
早日解放云贵川。

1949 年 11 月 21 日，于贵州省遵义。

---

① 三占遵义断敌路：指我军在红军时期曾
两度占领遵义，其中一次，召开了著名的"遵
义会议"。解放军进军西南占领遵义是第三次。

解放宜宾

川南门户戎城险，
历代兵家必争关。
万里长江第一城，
百年港口迎千帆。
白塔寺山敌重兵，
妄阻大军进西南。
雄师劲旅临城下，
化戈为帛万民欢。①

1949 年 12 月 16 日，于四川省宜宾。

————————————

① 化戈为帛万民欢：1949 年 12 月 11 日，
国民党 72 军军长郭汝瑰率部在宜宾成功起
义，宜宾宣告和平解放。

让坐骑

西南路遥，
七千里；
山路蜿蜒，
敌情急。
大军追穷寇，
驰骋大地。
骏马，
走骡，
首长坐骑它，
节省时间精心指挥，
尽快恢复疲惫身体。
我们的首长啊，
爱护士兵，

亲如兄弟。

先让骒马驮给养，

减少战士的负重；

再把伤病员扶上，

行军中得到养息。

雨水、汗水、泪水，

官兵流一起；

体力、耐力、战斗力，

才能如此神奇。

铁流滚滚，

所向无敌。

1949 年 12 月 27 日，于四川省邛崃县。

进军大西南

党发号令我向前，
桐城誓师劲倍添。①
横扫西南七千里，
一路追歼荡凶顽。
成都战役获全胜，
蒋匪残部逃台湾。
川康云贵得解放，
普天高歌齐庆欢。

1949 年 12 月 27 日，于四川省邛崃县。

---

①桐城誓师劲倍添：桐城，安徽省桐城县。

清平乐·西昌战役

山高路险，
进藏初开战。
百万农奴盼解放，
翻身做主实现。

三军渡过大江，^①
迂回包围西昌。
迅速勇猛歼敌，
高原万民颂扬。

1950 年 10 月 1 日，于四川省江安县。

---

①三军渡过大江：大江，指金沙江。

三

西南剿匪时期

(1)

短
诗
选

长江第一城宜宾

三江汇流拱川南，
四省通衢要塞关。
酒城飘香醉宾客，
五粮玉液四海传。
人杰地灵贤辈出，
巾帼英雄赵一曼。
巴山蜀水人盛情，
长江名城换新颜。

1950 年 2 月，于四川省宜宾。

奇袭连天山

接报

成都战役凯歌传，
大陆最后一大战。
川南春节新气象，
男女老幼笑开颜。
北方饺子搬上街，
四川老乡瞧稀罕。
忽接情报匪暴动，
板桥乡长谋翻天。

设计

军事民主拟方案，
力争匪巢一锅端。
组成精悍便衣队，
头围巾帕大褂穿。
五个小组十六人，
长短武器配备全。
出奇制胜不声张，
表面照常过大年。

夜袭

除夕万家正团圆，
勇士摸向连天山。
蜿蜒山路挂悬崖，
峰顶寺庙闪星斑。
坚固石墙高数丈，

活捉舌头细查盘。
神兵天降匪惊慌，
缴枪关俘控局面。

埋伏

神秘便衣匪难辨，
土匪误认是同伴。
将计就计设埋伏，
天亮一并捉拿全。
内奸乡长进庙门，
勇士擒俘匪胆颤。
铁证如山现原形，
山下鞭炮响正酣。

1950 年 2 月 17 日，于四川省江安县板
桥乡连天山。

浴血佛尔崖

泄密

特务股匪毒又猾，
钻山藏林躲捕抓。
得报底蓬匪抢粮，^①
赶到扑空肺气炸。
兵分两路成合围，
部队夜走佛尔崖。
地方绅士李品三，^②
勾结土匪密报发。

被阻

山谷行进尖刀班，
山顶忽有敌情现。
数百土匪早设伏，
妄图灭我大崖涧。
居高临下敌火猛，
多人伤亡形势险。
三次冲击遭压制，
部队进攻阻梯田。

恶仗

拂晓激战到天亮，
视界开阔敌猖狂。
张牙舞爪冲下山，
英勇抗击交恶仗。
战友牺牲燃怒火，

机枪怒吼射敌膛。
机智甩出手榴弹，
救出战友竹林闯。

迂回

正面受挫进攻难，
迂回敌后悬崖边。
引敌火力施佯攻，
攀上绝壁草丛前。
出敌意外惊喊叫，
天降神兵战敌顽。
沟底山顶两夹击，
土匪毙命丧黄泉。

1950 年 3 月，于四川省江安县大妙。

①　得报底蓬匪抢粮：底蓬，地名，位于江安县南。

②　地方绅士李品三：李品三，地方绅士、原县旧议员、江安县剿匪指挥部副总指挥。

炊事班红桥反偷袭

敌情

红桥四面环青山，
秀丽小镇民不安。
土匪结伙窜进村，
作恶害民闹翻天。
部队进山剿土匪，
家中只留炊事班。
新兵买菜遇盯梢，
速回报告敌来犯。

对策

闻知土匪来偷袭，
握枪拿刀心中急。
关键时刻看班长，
目光集中刘永义。
孤军作战要沉着，
请求支援来不及。
大门炮楼必把守，
班长锦囊出妙计。

巧战

土匪地痞气嚣张，
蜂拥而来要较量。
老兵集在炊事班，
做饭炒菜会打仗。
七人四处齐开火，

乌合之众退仓皇。
忽闻敌后有枪声，
神兵一人敌阵慌。

险情

沉着应战捉迷藏，
敌难靠近怕拖长。
组织力量攻势猛，
撞开大门敌凶狂。
面对顽恶大刀队，
全班子弹都打光。
横眉怒目拼刺刀，
敌人胆寒不敢上。

回援

危急时刻军号响，
三排回援敌慌张。
各自顾命四散逃，
战友团聚齐赞扬。
顽匪吃亏不罢休，
夜聚千人占山冈。
埋伏小组先开火，
敌群大乱争逃亡。

1950 年 3 月，于四川省江安县红桥镇。

蟠龙场遭遇战

下山

土匪司令罗冕端，
密谋策划颠政权。
蟠龙北山四面围，
突然攻击敌溃乱。
穷追猛打拉大网，
大部土匪被捕歼。
胜利下山返驻地，
倾盆大雨笼群山。

遭遇

冒雨下山到河边，
快步行进借闪电。
河中放石单行道，
尖兵小组走前面。
迎面碰上仨土匪，
猛虎扑食敌傻眼。
水中捉住匪尖兵，
土匪本队在后边。

收获

狭路相逢勇者战，
枪声一响疲劳散。
敌尸扔下夜逃遁，
草屋休整避雨寒。
天亮又踏追匪路，

昨晚战场细打点。
三十二篓香腊肉，
意外收获好美餐。

1950 年 3 月，于四川省江安县蟠龙场。

二龙口

金龙玉龙二龙口，
南高北低卡咽喉。
长江南岸纵横卧，
飞鸟难过青峰口。
杜家寨山现高峰，
三溪河清长江流。
桂花木群千古奇，
万里竹海栈道走。

1950 年 3 月 22 日，于四川省江安县二
龙口。

堵截金仙洞

包围

四月组织歼灭战，
金仙洞山打围歼。
神兵出击捣匪穴，
快速形成包围圈。
防敌逃跑山上冲，
进至山腰敌发现。
惊慌万状寻生路，
包抄堵截敌后断。

堵截

山往西北有小路，
险要隐在山背后。
九班奉命去堵截，
攀援排险上山头。
选择地形固包围，
溃败群匪抢逃走。
狼狈之敌丧家状，
死伤惨重如困兽。

阻击

突然攻击敌发懵，
四面被围陷绝境。
边扔边跑队形乱，
好似羊群往上涌。
股匪百人压九班，

顽强激战弹雨风。
牺牲战士副排长，
怒气冲天英雄兵。

血战

机枪射手徐安贵，
坚守阵地显神威。
猛然站起端枪扫，
敌人倒下尸成堆。
关键时刻弹打光，
英勇顽强不后退。
宁死不把俘虏当，
班长跳崖浩气恢。

勇士

敌人逼近露凶相，
老兵安贵临崖旁。
机枪不能落敌手，
战士跳崖紧抱枪。
峭壁树挂绝逢生，
英勇壮举山河唱。
主力压境匪难逃，
全部围歼凯歌扬。

1950 年 4 月，于四川省江安县。

恶战青峰寺

险关

青峰寺山地势险，
易守难攻要塞关。
坚固石门七道拐，
三面绝壁如斧砍。
居高俯视江安城，
关口寺院难攻坚。
土匪占山早闻名，
为非作歹上百年。

拔点

五百匪徒山踞盘，
下定决心拔据点。
集中主力三个连，
力求达成歼灭战。
夜间进攻组织好，
拂晓之前摸上山。
上山门前捉敌兵，
路遇暗哨敌发现。

强攻

偷袭不成改强攻，
炮火急袭敌寨营。
突破封锁七道拐，
冲击前进跃险境。
防敌逃跑断后路，

麻汤嘴山施佯攻。
集中火力压敌阵，
官兵英勇向上冲。

顽抗

占领高地火力攻，
敌匪被围山寺中。
数百顽敌再突围，
挥舞大刀夺路生。
轻重武器齐开火，
尾追退敌往里冲。
土匪封锁开阔地，
五连进攻路难行。

血战

四连组织突击队，
集中火力破堡垒。
连续攻击后劲大，
猛攻寨门入塞飞。
前仆后继浴血战，
英勇顽强向前推。
伤亡惨重敌丧胆，
抱头鼠窜往后退。

全歼

攻破寨门无固险，
群匪恐慌鸟兽散。
乘胜追至青峰顶，
慌忙跳崖匪命断。
大战五月开门红，

干净漂亮歼灭战。
人民欢喜土匪惧，
江安剿匪转折点。

1950 年 5 月，于四川省江安县。

万里箐围歼战

狡匪

万里箐山绿似海，
方圆百里楠竹盖。
千余股匪藏林中，
三县人民遭危害。①
土匪拉线设耳目，
"黄牛"暗语传山外。②
我军进山剿土匪，
敌人得信早跑开。

布网

宣传教育民心赢，
被蒙群众猛清醒。
敌人耳目变聋哑，
会剿匪窝战机成。
制定方案布罗网，
四面包围重点攻。
密切协同扎紧口，
誓将群匪一网净。

遇匪

四连半夜赶东南，
栈道险崖摸上山。
动员老乡当向导，
搜索前进山间盘。
黎明小路山岔口，

草棚敌哨先发现。
农家院内匪惊醒，
胡乱放枪瞎叫喊。

抵近

二组插到东北边，
三组南侧高地占。
接近房屋敌开火，
二组伤亡冲击断。
冷静观察险地形，
三面房子无墙院。
南山北田四小路，
谨防敌人逃溃散。

包围

迂回包围后路断，
三路攻击难逃窜。
敌逃受阻缩屋内，
一组攻进屋院圈。
连续冲击遭抵抗，
重新协同打攻坚。
英勇负伤击匪首，
战斗组长王来安。

围歼

群匪无首乱成团，
扔出手弹忘拉弦。
乘敌混乱火力施，
政治攻势匪慌乱。
老乡暗示粪坑里，

躲藏土匪臭熏天。

一个中队无漏网，

以少胜多成典范。

1950 年 7 月 28 日，于四川省江安县万
里箐。

_____

① 三县人民遭危害：三县，指江安、长宁
和兴文三县。

② "黄牛"暗语传山外：黄牛，土匪暗语，
指穿黄军装的解放军。

鲜红的印记

英勇善战壮河山，
六负重伤为国安。^①
倒地昏死数小时，
意外醒来顽强战。
四十二洞八角帽，
满面颗粒头百片。
肩背手脚伤多处，
全心为民自我献。

1950 年 8 月 9 日，于四川省江安县万
里箐。

① 英勇善战壮河山，六负重伤为国安：六
负重伤，指作者南征北战，历经抗日战争、
解放战争、西南征粮剿匪建政，参加战役战
斗 200 余次，轻伤十多次，六次负重伤，多
次与死神擦肩而过，并英勇战斗，不下火线。
在淮海战役顿庄战斗中，八角帽上就留下 42
个弹孔，眼睛曾一度失明，后恢复到 0.3，
留下神经性头痛后遗症，肩胛部大片伤痕，
手指断残，足底击翻，全身留下多处伤疤，
仅面部在 60 年后拍 X 光片仍然清晰可见难
以计数的弹片颗粒。这些战伤见证着作者鲜
红的经历。

打洞

找洞

高山深谷路异常，
忽报炭厂有情况。
土匪害民抢东西，
三排急行尾追上。
匪徒钻林无踪影，
茂密植被洞中藏。
仔细搜索见形迹，
发现洞口敌开枪。

打洞

断崖溶洞地形险，
石雾洞口山石掩。
狭窄绝路难靠近，
恶匪嚣张狂妄喊。
冲击受阻重部署，
直射火力难施展。
迫击炮火洞口轰，
敌人钻洞受震撼。

妙法

进山顽匪诡狡猾，
有炮钻洞拉出打。
坚守洞口火力猛，
依仗地势强挣扎。
进攻受挫须冷静，

现地论战研打法。
崖顶系人如天降，
上下配合敌全拿。

端窝

四名勇士擦崖下，
惊动匪哨放乌鸦。
洞口崖壁神兵降，
敌乱射击洞内爬。
勇猛神速扫暗敌，
匪徒垂死连叫妈。
洞内奸匪一锅端，
山寨如沸传佳话。

1950 年 9 月，于四川省兴文县炭厂。

十八岁

苦中砺志士气盛，
少年抗日踏征程。
解放战争浴血勇，
枪林弹雨壮军情。
征粮剿匪建政权，
深入敌穴看真功。
推翻三山换日月，
人民解放幸福生。

1950 年 10 月 10 日，于四川省兴文县。

竹海

竹海形成两千年，
峭壁奇洞栈道险。
林茂碧水绿波浪，
五百群峰层林染。
曲径通幽清风爽，
悬瀑飞溅出山涧。
挺拔坚韧高品质，
浩瀚楠竹天下传。

1950 年 11 月 25 日，于四川省江安县万
里箐。

宜宾剿匪

受命

中华成立第一春，
蒋军溃败不死心。
复辟迷梦寄西南，
残匪作孽扰乡邻。
刘邓首长命令下，
二十八师进宜宾。
群情振奋士气高，
剿匪建政安国民。

敌情

股匪二百多害民，
数万匪徒藏密林。
乔装改扮老百姓，
穷凶极恶豺狼心。
造谣蛊惑散恐怖，
夺粮抢财扰乡邻。
聚寇袭击新政府，
游痞暗杀我军民。

奇袭

春节突报有匪情，
内奸乡长恶满盈。
妄借烧香搞暴乱，
十万火急燃眉峰。
四连官兵怒火起，

巧设计谋出奇兵。
除夕飞降连天山，
鱼鳖虾蟹一网清。

逞凶

敌匪挨打不甘心，
寻机报复害乡亲。
兴安寺村抢公粮，
农会主任殉江滨。
欧阳大光投匪寇，①
背信弃义反人民。
包围李庄区公所，
气焰嚣张要威淫。

鏖战

三月黄花满地金，
匪徒底蓬抢粮银。
飞兵疾追佛尔崖，
敌山我谷刀枪拼。
一夜激战到天亮，
绝壁攀援掏敌心。
枪口怒射复仇弹，
脚踏贼尸威风凛。

反击

红桥镇驻三排兵，
匪徒视若眼中钉。
部队剿寇进深山，
敌人偷袭我守营。
乌合之众数百人，

四面包围枪炮鸣。
七名伙夫多机智，
顽强反击建奇功。

拉网

蟠龙场镇捣敌营，
罗匪溃败不成形。
逢路便逃见洞钻，
浑身筛糠草木惊。
四连神勇便衣队，
逐山搜索捕贼兵。
河滩活捉仨"舌头"，
缴获腊肉数不清。

神兵

三面绝壁似刀裁，
一条石径通关隘。
七道拐上枪林立，
石寨门前刀丛排。
忽如一夜神兵降，
斩将夺关破山开。
血战恶斗葬匪寇，
军旗猎猎荡尘埃。

聚歼

川南盛夏热气蒸，
宜宾剿匪怒涛涌。
金仙洞下捣匪窝，
上罗镇里端敌营。
清滩赵家岭双河，

三打炭厂无名洞。
贼寇胆破自投网，
大祸小患一扫平。

报捷

金秋稻香庆年丰，
军民同诛害人精。
平寨沐爱大包抄，
围歼群寇万里箐。
红旗漫卷三江畔，^②
一年歼敌十万兵。
剿匪大军垂青史，
功勋卓著传美名。

1951年1月1日，于四川省宜宾府唐坝。

① 欧阳大光投匪寇：欧阳大光，国民党起义军官，后又投敌当土匪。

② 红旗漫卷三江畔：三江畔，指岷江、金沙江、长江交汇之处的宜宾；这里指川、康、云、贵四省交界的要塞地域。

别故乡

戎州征战五百天，
保卫政权斗敌顽。
军民鱼水传佳话，
患难与共震宇寰。
亲山亲水智者勇，
乡音乡情荡胸间。
今朝分别奔战场，
他日重逢话团圆。

1951 年 4 月 22 日，于四川省南溪县。

四

社会主义建设时期

(1)

短诗选

学文化三字经

学文化，如吃饭，

精神粮，不能断；

干部带，支部管，

靠自觉，挤时间；

有制度，连排班，

天天学，成习惯；

有集中，有分散，

集体学，个人钻；

时间长，读整篇，

时间短，读一段；

人人学，技术专，

思想明，意志坚。

1952 年 8 月 1 日，于河北省定县土厚村。

军装

在一个寒冷的日子
母亲赋予我生命的颜色
一身军装
温暖我的春夏秋冬
热血因忠诚而沸腾
铁骨因信念而铮铮
硝烟熏过
战火烤过
子弹也曾洞穿过
我洗了又洗
缝了又缝
军装依然穿在身
耳畔回荡着母亲的叮咛

骨子里充斥崇高的使命
枪声虽已远去
梦中常闻喊杀声
军徽闪耀
划过如歌的岁月
许多与军装有关的故事
让我珍爱一生

1955 年 8 月 1 日，于河北省定兴县北河店。

满江红·修建十三陵水库

大军十万，
十三陵列阵对弈。
鼓干劲，
声撼帝王，
气贯中西。
华夏儿女多壮志，
移山填海乾坤替。
一声吼三山五岳开，
谁能媲。

昼系阳，
夜挑灯，
比高下，

争朝夕。
为人民造福，
为国争气。
领袖默做普通兵，
将士勇当先锋急。
新中国伟业誉环球，
巨人立。

1958 年 9 月 10 日，于北京市昌平县
十三陵水库工地。

大爱

爱，
在旗帜鲜明的立场，
矢志不渝，
坚定信仰。

爱，
在浴血拼杀的疆场，
杀敌报国，
慷慨激昂。

爱，
在抢险救灾的现场，
舍生忘死，

人民至上。

爱，
在挥汗如雨的操场，
苦练精兵，
军魂高扬。

爱，
在温馨浪漫的海港，
营造和谐，
走向远方。

1963 年 8 月 8 日，于河北省易县东高士庄抗洪抢险现场。

浣溪沙·军政大学深造

延安抗大孕将帅，
北京军大育英才，
人杰辈出一代代。

最高学府再深造，
文韬武略真经在，
续写华章妙天外。

1976 年 12 月 28 日，于北京中国人民解
放军军政大学。

马背小学播希望

牧区深处书声朗，
马鞍黑板走四方。
草原儿女多奇志，
马背小学播希望。

1985 年 8 月 1 日，于内蒙古自治区四子
王旗。

六大草原壮牛羊

千年驰名六草场，[①]
地肥花美壮牛羊。
蓝天绿地都多情，
天赐原野好风光。

1988 年 7 月 15 日，于内蒙古自治区锡
林浩特。

------

① 千年驰名六草场：指呼伦贝尔、锡林郭
勒、科尔沁、乌兰察布、鄂尔多斯、乌拉特
六大草场。

沙漠之舟骆驼

沙漠铜铃响叮当，
阿拉善盟骆驼乡。
昂首阔步迎风沙，
劳怨无悔守边疆。

1988 年 7 月 24 日，于内蒙古自治区阿拉善盟左旗巴彦浩特镇。

木屋

林海雪原有奇观，
木头筑屋避风寒。
精巧舒适独幽静，
主人好客离别难。

1988 年 7 月 5 日，于内蒙古自治区额尔
古纳右旗莫尔道嘎。

列支敦士登

欧洲之巅内陆国，
城堡耸立映山河。^①
君主立宪世袭制，
独有特点别具格。^②

1994 年 3 月 28 日，于列支敦士登。

---

① 欧洲之巅内陆国，城堡顶立映山河：山，
即阿尔卑斯山；河，即莱茵河。

② 君主立宪世袭制，独有特点别具格：一
是仅有 3 万人的世界小国之一；二是无军队，
仅有 40 名警察；三是没有本国独立的货币，
官方流通货币为瑞士法郎；四是全国的行政、

议会、税务、监狱等政权机构都住在一座大楼里，下有 11 个乡；五是发行精美的邮票著称于世，邮票发行局被看作是国家最重要的机关之一，其收入占国库总收入的五分之一，邮票发行前首相要亲自审定，并负最后责任。

盘飞起

酒窖午宴盘飞起，^①
乳猪味美刀叉急。
宾主举杯话友情，
欢声笑语见友谊。

1994 年 3 月 30 日，于西班牙塞哥维亚市。

---

① 酒窖午宴盘飞起：西班牙中部的塞哥维亚
市有个名气很大的风味餐厅，其独特之处是有
个餐厅设在酒窖里，许多外国贵宾到塞哥维亚
访问时，都要在这里吃饭。外宾吃饭时，最高
的礼仪是"切盘"。由一位贵宾用一个盘子把
端上来的乳猪从中间切开，然后将这个盘子轻
轻抛向空中，盘子落地碎片四溅，乐在其中。

巴西烤肉

巴西烤肉嫩又鲜，^①
慢烤部件调料全。^②
快刀巧割随客意，^③
不翻绿牌吃三天。^④

1994 年 4 月 3 日，于巴西里约热内卢。

---

① 巴西烤肉嫩又鲜：烤肉，巴西的烤肉别
有风味，外国领导人访问巴西时，都曾到马
留斯烤肉店品尝。

② 慢烤部件调料全：慢烤，烤肉的做法，
是根据肉的部位，撒上各种调料，在炉子上
慢烤，最长的要烤几天，短的也要几小时。

③ 快刀巧割随客意：随客，就餐时，厨师一手提着烤好的肉，一手拿着锋利的刀子，按照客人的意愿，指哪儿切哪儿，动作非常熟练。

④ 不翻绿牌吃三天：绿牌，放在餐桌上的一张绿牌子。只要不翻绿牌，就说明没有吃好，服务员会继续供应需要的食品。

阿根廷之行

访拉路经阿根廷，
会见参观又宴请。
四通八达都市美，
探戈烤肉味更浓。

1994 年 4 月 18 日，于阿根廷首都布宜
诺斯艾利斯。

追太阳

飞越南极过两洋，^①
乘着飞机追太阳。^②
昼夜全时是白日，
翌天宿营在大洋。^③

1994 年 4 月 19 日，于阿根廷至新西兰的飞机上。

---

① 飞越南极过两洋：两洋，指大西洋、太平洋。

② 乘着飞机追太阳：追太阳，从布宜诺斯艾利斯去奥克兰的航班是由东向西飞行，由于地球自转的原因，好像在追着太阳行走。这一天，没有夜晚，全是白昼。

③ 翌天宿营在大洋：大洋，指大洋洲的新西兰。

蝶恋花·反空降

天女散花非想象，
机降伞降，
作战新式样。
凌霄飞兵谁敢抗？
大圣豪威斗天将。[①]

将星云集谋韬略，
缜思深探，
演练反空降。
纵敌有胆来较量，
看我降妖金箍棒。

1995年6月，于北京西山。

① 大圣豪威斗天将：大圣，指《西游记》中大闹天宫的孙悟空；天将，指玉皇大帝派来捉拿孙悟空的天兵天将。

生日访芬兰

风雨沧桑几十年，
喜逢华诞访芬兰。
全场三唱生日歌，[①]
和平友谊润心田。

1996 年 10 月 10 日，于芬兰尼尼萨洛。

---

① 全场三唱生日歌：代表团参观了芬军炮
兵旅和联合国维持和平训练中心后，芬兰西
部军区司令依尔卡·朗达中将为代表团举行
的晚宴与国际军事观察员培训班结业晚宴同
时进行。席间，联合国维和中心教官丹麦人
卡尔·詹松少校提议，来自世界各地学员全

体起立，齐唱生日歌，为作者祝寿；之后，宴会主持人联合国维和中心负责人又组织参加宴会的所有人员，向作者表示生日祝贺；当代表团准备离席时，全体人员再次起立，鼓掌祝寿，二战老战士演出团专为作者演唱了一首歌。连续三次热情的祝贺，使作者很意外，也很受感动。这不仅是对作者个人生日的祝贺，更是对中芬人民和军队友谊的祝贺。

江城子·列宁格勒

涅瓦河口彼得王，
填沟塘，
筑高墙。
列宁奠基，
苏维埃故乡。
历经砥砺韵犹在，
浑不惧，
风雨狂。

阿芙乐尔舰出航，
轰宫墙，
揭篇章。
卫国战争，

纳粹逞凶狂。

九百天守城难破，

惊天地，

世敬仰。

1996 年 10 月 16 日，于俄罗斯圣彼得堡。

迎宾

姑娘盛装盘呈上，
客人蘸盐面包尝。[①]
中斯人民话友谊，
万重青山歌飞扬。

1997 年 6 月 19 日，于斯洛伐克。

---

① 姑娘盛装盘端上，客人蘸盐面包尝：姑
娘用盘托着面包和盐端上来，请客人品尝，
这是斯拉夫式最高的欢迎礼节。客人掰一小
块面包蘸上盐吃下去，这也是最高的答谢礼。

江城子·平津决战

平津大地起苍黄，
风雨狂，
舞刀枪。
百万大军，
横扫燕赵冈。
英明统帅挥巨擘，
誓埋葬，
蒋匪帮。

两军携手旌旗扬，①
三阶段，②
妙篇章。
三种方式，③

战艺甚优良。

开元定都奠基礼，^④

新中国，

迎曙光。

1997 年 7 月 23 日，于天津市平津战役纪念馆。

---

① 两军携手旌旗扬：两军，指东北野战军和华北野战军部队。

② 三阶段：指平津战役实施的三个阶段。即第一阶段，完成对敌人的战略包围和战役分割，第二阶段，先后歼灭新保安、张家口、天津之敌；第三阶段，和平解放北平。

③ 三种方式：指在平津战役中创造的，由毛泽东同志概括的"天津方式""北平方式"和"绥远方式"。这 3 种方式对尔后解决国民党残余军队，加速解放战争进程，具有重要的战略意义。

④　开元定都奠基礼：平津战役的胜利，为中共中央和人民解放军总部进入北平创造了条件，为新中国定都北平举行了奠基礼。

兵

兵——兵，

站如松，

行如风，

危难关头铁骨铮。

一肩担着父母的嘱托，

一肩挑着祖国的安宁。

时刻准备迎挑战，

苦练本领谋打赢。

钢铁的纪律，

如山的军令。

服务人民的好战士，

党指挥的一代精兵。

兵——兵，

赤胆心，

壮志情。

天塌地陷我来擎。

一肩担着国防的重任，

一肩挑着军人的使命。

中华儿女多豪迈，

生命似火贯长虹。

不屈的脊梁，

真爱的永恒。

四海处处皆为家，

神州事事总关情。

兵——兵，

文亦能，

武亦精。

冲锋陷阵最英勇，

一肩担着人民的希望，

一肩挑着世界的和平。

大爱无疆英雄志，
保家卫国立大功。
奉献的精神，
无私的忠诚。
长城上的一块砖石，
国旗上的一颗金星。

1997 年 8 月 1 日，于北京西山。

太行雄风振长天

雄峙冀晋豫省间，
南北峰峰隔两原。①
太行八陉险要道，②
高山林立五雄关。③
绵延千里控山河，
战略地位历代显。
华夏民族繁衍地，
抗日雄风振长天。

1997 年 8 月 26 日，于太行山。

———————————————

① 南北峰峰隔两原：两原，指华北平原和
山西高原。

② 太行八陉险要道：太行八陉，即军都陉、
蒲阴陉、飞狐陉、井陉、滏口陉、白陉、太
行陉、轵关陉。

③ 高山林立五雄关：五雄关，即紫荆关、
娘子关、虹梯关、壶关、天井关。

黄骅港

黄骅港，
怪地方，
海水随风变模样。
西南风蓝，
西北风黄，
海滩难设浴乐场。

黄骅港，
巧地方，
神州通道运煤忙。
西部的煤，
黄骅的港，
巨轮出海向大洋。

黄骅港，

好地方，

港口发展无限量。

世纪工程，

宏大伟业，

经济腾飞放眼望。

1997 年 10 月 18 日，于河北省黄骅市。

西江月·平型关

平型关口首战，
侵华日军胆寒。
十里乔沟摆战场，
坂垣一旅命断。

捷报飞传天外，
全国军民开颜。
八路英勇壮国威，
唤起民众百万。

1997年11月4日，于山西省繁峙县平
型关。

跨世纪的盛会

为祝贺中华人民共和国第九届全国人民代表大会第一次会议开幕而作。

春光明媚盛会开，
东风喜迎代表来。
豪跨世纪展宏图，
江山锦绣绘新彩。

1998 年 3 月 5 日，于北京人民大会堂。

千岛湖水连三江

千岛湖水连三江，^①
山川湖岛赛天堂。
湖泊之冠第一水，
六股尖源远流长。^②

1998 年 5 月 22 日，于浙江省淳安县千
岛湖。

---

① 千岛湖水连三江：三江，指钱塘江、富
春江、新安江。
② 六股尖源远流长：指千岛湖的发源
地——安徽省休宁县六股尖。

走访参观歌

走访参观健身体，
严己宽人不着急。
学习知识广交友，
三看一想写几句。①

1998 年 5 月 30 日，于浙江省温州市。

———————————————

① 三看一想写几句：三看，指参观游览实
地看、看材料、看新闻。

千里彝山楚雄

星罗坝环四面山，^①
九分山水一分田。
鹿城雄关镇滇西，
千里彝山立云南。^②

1998 年 9 月 4 日，于云南省楚雄彝族自
治州。

---

① 星罗坝环四面山：星罗坝，是指楚雄彝
族自治州境处云贵高原西部，滇中高原的主
体部分。在群山环抱之间，有 104 个面积在
1 平方公里以上的坝子星罗棋布，形成了一
个规模不同的政治、经济中心。

② 千里彝山立云南：千里彝山，主要指构成三山鼎立之势的——乌蒙山、哀牢山、大白草岭等千里彝山胜景和礼舍江、金沙江二水环流的天然画卷。

洱海

高原湖水珠玉明，
苍雪洱月两相映。①
福波世代流恩泽，
顺调万物有奇功。②

1998 年 9 月 7 日，于云南省大理市。

---

① 苍雪洱月两相映：苍雪洱月，是指苍山
雪、洱海月。
② 顺调万物有奇功：是指洱海是淡水调节
湖，它有多种调节功能，如水力发电、农田
灌溉、水产养殖、城市供水、航运、旅游、
调节气候等。

吐尔尕特山口

作者登上海拔 4200 米的中吉交界
地——吐尔尕特山口，慰问了守卫国门的
官兵并共进午餐，十分有意义。

喀什山口四百三，[①]
往返六时大河边。[②]
高山白银映哨所，
戍边卫国官兵愿。

1998 年 9 月 21 日，于新疆维吾尔族自
治区疏勒县吐尔尕特山口。

①　喀什山口四百三：喀什，指喀什市；山口，指吐尔尕特山口；四百三，指疏勒县到吐尔尕特山口为 430 公里。

②　往返六时大河边：指往返 6 小时的公路沿着苏纳克河边行进。

中国地理第一山

甘青陕豫秦岭连，
南北分界第一山。
东西相承亘中部，
黄河长江走两边。

1998 年 10 月，于陕西省秦岭。

国庆走访嘉峪关

乘车想起进军战，^①
敦煌玉门到酒泉。
嘉峪关上论边事，
西北大地好河山。

1998 年 10 月 1 日，于甘肃省嘉峪关。

---

① 乘车想起进军战：进军战，指 1949 年，
为了解放全中国，我中国人民解放军正向西
南、华南、西北大进军。

窑洞

依山近水门向阳，
冬暖夏凉窑洞房。①
小桌油灯著春秋，
黄土丰碑闪金光。

1998 年 10 月 12 日，于陕西省延安市。

———————————————

① 冬暖夏凉窑洞房：毛泽东、朱德、周恩
来等中央领导同志在延安凤凰山、杨家岭、
枣园、王家坪等地居住的全是窑洞房。

鸭绿江

鸭绿江源长白山，
临江集安丹东关。
大江两岸结友谊，
中朝界河流长远。

1999 年 7 月 10 日，于辽宁省丹东市。

国庆颂

人的世界，
花的海洋。
万众瞩目天安门，
五星红旗高扬。

歌的世界，
舞的海洋。
礼炮花灯庆国庆，
民族昌盛安康。

喜的世界，
笑的海洋。
普天同庆凯歌奏，

汇成世纪交响。

威的世界，
武的海洋。
三军将士雄风振，
长城似铁如钢。

梦的世界，
诗的海洋。
壮美山河织锦绣，
伟大祖国富强。

1999 年 10 月 1 日，于北京天安门城楼。

竹的诉说

饱含春雨

满怀朝气

向着明天的憧憬

挺立于绿色群体

头顶太阳

脚踩大地

在根的深处

开始信念的接力

愿作一支竹笛

让生活的颂歌洋溢

愿作一根旗杆

把祖国的尊严高举

学会与风雨为友

与霜雪为旅

铮铮傲骨

自然天成

碧波万里

勃勃生机

虚心高自擢

直节含"钙粒"

雷打愈挺拔

生死志不移

悠悠文化史

翠竹含深意

1999 年 12 月 12 日，于四川省宜宾。

壶口雄风

壶口瀑布天下险，
水势雄风震山川。
雷鸣腾雾出彩霞，
黄龙欲上九重天。

2000 年 9 月 29 日，于黄河壶口瀑布。

边防战士保和平

热爱和平，
肩负神圣。
心系祖国，
保卫边境。

2001 年 8 月 14 日，于内蒙古自治区满
洲里市。

原始森林

古树参天万物生，
吐故纳新百花争。
踏青如绵吟绿海，
傲雪俏春阅峥嵘。

2001 年 8 月 17 日，于内蒙古自治区额
尔古纳右旗莫尔道嘎。

北疆红豆

南国红豆本木生，
北疆红豆好食用。
相思信物凝佳句，
松护香伴情更浓。①

2001 年 8 月 17 日，于内蒙古自治区莫
尔道嘎原始森林。

---

①　松护香伴情更浓：松树、杜香和红豆，
在莫尔道嘎大兴安岭原始森林里总是聚集生
长，形影不离，相得益彰。

扎兰屯

第一屯，
兴安环。
呼盟四龙，^①
金壕之边。^②
水香甜，
牛奶鲜，
民族花艳明珠灿。

2001 年 8 月 22 日，于内蒙古自治区扎
兰屯市。

① 呼盟四龙：指扎兰屯、牙克石、满洲里、海拉尔被称为呼伦贝尔盟四小龙城市。

② 金壕之边：即内蒙古与黑龙江省界处之金长城。

铸

人生路，

本可铸，

革命熔炉炼筋骨；

化作五色石，

甘为苍天补……

砺剑扶揄正义举，

擎起光明幸福柱。

何惧艰难险阻！

戎马丹心谱，

钢铁长城固。

继往开来使命重，

万里江山爱永驻。

无私奉献爱人民，

奋斗终身迈大步。

2002 年秋，于北京。

澳大利亚首都堪培拉

新兴首都天蔚蓝，
格里芬湖有喷泉。
联邦大道连南北，
群山环抱盆地间。
分区建市巧布局，
繁花绿草胜花园。
鲜有高楼树掩屋，
身在城中静幽闲。

2002年3月4日，于澳大利亚首都堪培拉。

经济特区深圳

改革开放振龙腾，
昔日渔村变名城。
经济发展创奇迹，
中外驰名打先锋。

2002 年 3 月 19 日，于广东省深圳市。

会战友

应王海清同志邀请，我和夫人、女儿等由北京专程赴河南省洛阳市看望老战友们，并参加了该市第二十届牡丹花会节。

峥嵘岁月见真情，
沧桑风雨炼人生。
历史征程堪回首，
春满乾坤国是浓。

2002 年 4 月 12 日，于河南省洛阳市。

拉萨大昭寺唐柳

大昭寺前，
斜阳西下，
碧柳染烟霞。
婆娑枝叶，
似在细语，
当年公主婚嫁。
问唐柳，
可是公主亲栽？
伴她雪域安家。
历尽沧桑吐翠，
千载伴风沙。
花开树舞，
颂藏汉一家。

同心培沃土，

芳绿满天涯。

2002年7月12日，于西藏自治区拉萨市。

翻越米拉山①

蓝天忽落顶云雨，
高原耗牛牧民曲。
座座青山川藏路，
拉萨尼洋香格里。②

2002 年 7 月 13 日，于乘车从拉萨到林芝途经的米拉山路口处。

---

① 翻越米拉山：米拉山，位于西藏拉萨与林芝地区交界处，海拔 5708 米，川藏公路越山而过，路口处海拔 5020 米。

② 拉萨尼洋香格里：指拉萨河、尼洋河。林芝地区有"江南""香巴拉""香格里"之称。

林芝情

三王迎客尼洋河，[①]
糌粑哈达美酒歌。
民族团结藏汉亲，
高原情暖胜如火。

2002 年 7 月 14 日，于西藏自治区林芝
八一镇。

---

①　三王迎客尼洋河：三王，指林芝地区具
有世界之最称谓的三种树，即"柏树王""桑
树王""核桃王"。

忆秦娥·西炮台

辽河口，
抗敌保国筑方城。
筑方城，
炮台屹立，
镇边固营。

甲午风云怒涛惊，
将士报国铸忠诚。
铸忠诚，
勇驱敌寇，
碧血战功。

2002 年 9 月 15 日，于辽宁省营口市西炮台。

东方槐城

速生易活，耐旱刺槐。

五末六初，槐花盛开。①

清香飘溢，满城皆白。

赏槐大会，槐花灯彩。

星光漫舞，音乐平台。

七色缤纷，十里长街。

中山广场，十口射开。

群鸽蓝天，醉乐开怀。

滨海大道，飘逸玉带。

正月十三，海灯节来。

建筑独特，雕塑匠才。

经贸文体，交流大赛。

东方槐城，闻名四海。

2002 年 9 月 18 日，于辽宁省大连市。

---

① 五末六初，槐花盛开：指每年的五月末和六月初。槐树是大连的市树，大连素有"东方槐城"的美誉。

有感长海人

敢立潮头，
勤为人先。
黄海明珠，
创新发展。
胸怀大海，
地阔天宽。

2002 年 9 月 21 日，于辽宁省长海县大
长山岛。

海洋

资源丰富，珍奇无数。
异彩纷呈，物种繁庶。
冰川雪山，淡水宝库。
潮流发电，能源充足。
黄金水道，航行运输。
海底油矿，天然聚富。
发展渔业，海上放牧。
天高海阔，游刃天府。
城建海上，风格独树。
水上机场，银燕进出。
潜艇游弋，上下沉浮。
港口基地，隐蔽设布。
隧道电缆，穿海声楚。

大洋旅游，情趣劲鼓。

度假休闲，风光真酷。

开发利用，各国掷注。

蓝色圈地，霸占领土。

前车之鉴，警醒民族。

保卫海防，为民幸福。

富国强兵，江山永固。

2002 年 9 月 22 日，于辽宁省长海县獐子岛。

东海长城

岛岸军民情意浓，
明珠辉煌波浪涌。
长山群岛扼两海，①
谁敌东海我长城？

2002年9月23日，于辽宁省大长山群岛。

---

① 长山群岛扼两海：两海，指渤海和黄海。

天然鱼仓

海洋地域辽阔，
岸线曲折漫长。
黄渤东南四海，
资源富饶无量。
海上走廊海峡，
海洋门户海港。
岛屿星罗棋布，
环水前哨海防。
海洋鱼类千种，
布列祖国渔场。
浅水渔场面积，
位居世界首榜。
海洋经济鱼类，

渔汛捕捞真忙。

鱼种繁杂多样，

海鲜八珍品香。

生命起源摇篮，

地球天然鱼仓。

2002 年 9 月 24 日，于辽宁省长海县獐
子岛。

沁园春·枫叶红

碧洗天高，

云舒心悦，

风爽胸宽。

看枫林蔽野，

众兵列阵，

红叶抖擞，

似火欲燃。

山气氤氲，

桑田沧海，

悟彻生机不慕仙。

登临处，

携无边秋色，

豪步欢颜。

浮想往事联翩，

踏征尘，

弹指百战间。

阅人生百炼，

情铸雄师，

践新砺要，

未解征鞍。

研史成诗，

凝思为赋，

高歌天外奏凯旋。

昂首望，

正华阳绚彩，

装点关山。

2002 年 10 月 10 日，于北京。

水调歌头 · 七十抒怀

年少浴血勇，
百战鏖精兵。
忠贞不渝志坚，
军旅大地情。
苦累险阻何惧，
排难攻关前行，
淬炼铸人生。
砥柱中流屹，
搏浪笑临风。

挥雄师，
议国是，
世纪征。

无私高擎天职，
践新乐无穷。
放眼五洲风云，
欣慰中华龙腾，
民向江山红。
坦荡肝胆照，
昂首铁骨铮。

2002 年 10 月 10 日，于北京南池子大枣
树山泉。

休斯敦

能源之都贸易港，
航天医疗名四方。
墨西哥湾嵌明珠，
得克萨斯平原乡。

2002 年 10 月 23 日，于美国休斯敦。

清平乐·西柏坡

旌旗招展，
马列高擎天。
指点江山总须圆，
运筹帷幄胜算！

阴霾狂飙扫清，
旭日喷薄红彤。
今朝恭临圣地，
"两个务必"警省。

2003 年 4 月 12 日，于河北省平山县西
柏坡。

那达慕①

草原盛会气势煌，
歌舞升腾人欢畅。
哈达美酒迎宾客，
一句赛努诉衷肠。②
跤手鹰步姜嘎艳，③
智勇角斗力学上。
众骑奔驰疾如风，
马蹄声碎尘飞扬。
小伙姑娘纷挽弓，
箭箭中的比高强。
传统节日添新彩，
五畜肥壮物流旺。④
科技文化融其间，
古朴文明溢芬芳。

长风古调翻新韵，

绿海拾贝乳飘香。

2003 年 8 月 5 日，于内蒙古自治区锡林浩特市。

———————————

①　那达慕：是内蒙古地区蒙古族人民传统的群众性集会，从部落联盟时开始，每年或间隔几年举行一次。过去多在祭敖包时举行，内容只有赛马、摔跤、射箭、舞蹈等。现在的那达慕已成了草原喜庆丰收的盛大节日，举行的日期也大都在牧草繁茂的七、八月间，除保留传统赛马、射箭、刀法、摔跤、蒙古象棋等项目外，还把物资交流、信息交流、文化交流、科技传播等融入其中。

②　一句赛努诉衷肠：赛努，蒙语您好。

③　跤手鹰步姜嘎艳：姜嘎，指跤手脖子上挂的用五颜六色的布条制成的项圈，是在历次比赛中获胜的象征物。

④　五畜肥壮物流旺：五畜，指牛、马、驼、绵羊、山羊。

夜郎国

固步自封夜郎大，
五谷花香乐天下。
山清水秀依旧在，
寓言警世绽奇葩。

2005 年 4 月 29 日，于贵州省桐梓县夜
郎镇。

李来柱诗记

火焰山

盆地中央赤石山，
红色砂岩火云满。
唐孙取经多波折，
扇熄八百火焰天。

2005 年 9 月 8 日，于新疆维吾尔族自治
区吐鲁番市火焰山。

196_

博斯腾湖

远山墨，
沙海黄，
芦花翻巨浪。
博斯腾，
淡水唱，
白鹭下斜阳。
牛马羊，
花草香，
徐风携清芳。
高天蓝，
金秋爽，
旅游大道长。

2005 年 9 月 20 日，于新疆维吾尔族自
治区巴音郭楞蒙古自治州博斯腾湖。

中秋天山行

战友相会举盛宴，
五湖四海话团圆。
乘车赏月天山景，
一夜千里行边关。

2005 年 9 月 18 日，于新疆维吾尔族自
治区乌鲁木齐至库尔勒的火车上。

华阳九不

老有所为，不吝奉献。

老有所学，不减当年。

老有所教，不厌其烦。

老有所著，不断充电。

老有所长，不信邪念。

老有所练，不要盲干。

老有所养，不享清闲。

老有所乐，不畏艰险。

老有所节，不懈砺坚。

2005年10月10日，于北京。

海南省

四面环海处热带，
海洋大省要冲在。
南近赤道临五国，^①
琼岛四季花果赛。

2006 年 3 月 28 日，于海南省三亚市亚
龙湾。

---

① 南近赤道临五国：五国，指越南、菲律宾、
印度尼西亚、文莱、马来西亚。

景德镇陶瓷

泥制火烧瓷都乡，
陶瓷文化传四方。
绝妙花瓷金不换，
景学号瓷万年长。

2006 年 4 月 21 日，于江西省景德镇。

水城商港汉堡

河道纵横湖泊串，
两海之间商港点。
千年不停填沼泽，
疏河架桥水城连。①

2006 年 10 月 15 日，于德国汉堡市。

---

① 疏河架桥水城连：汉堡在阿尔斯特河汇
入易北河处，西距北海河口、北距波罗的海
都是 120 公里，平均海拔 6 米，河道纵横，
湖泊成串，沼泽遍布，潮湿雾多。公元 825 年，
罗马帝国在这里建要塞。1188 年商人兴建
城市。13 世纪发展为北海和波罗的海之间的

贸易点。1815 年加入德意志联邦。1888 年组织"自由市场"。千百年来不停填没沼泽，疏通河道，架设桥梁，使"水城"一块块孤岛似的土地连成一片，串成一座座大城市。如今，汉堡共有桥梁 2125 座，是世界桥梁之都、德国最大商港。

欧洲十字路口布鲁塞尔

森纳河畔天地好，
十字路口三件宝。①
世界民族民俗馆，②
西欧之都国际侨。③

2006年10月19日，于比利时首都布鲁塞尔市。

———————————————

① 十字路口三件宝：布鲁塞尔地处英、法、德三大国之间，是西欧的要冲，被称为"欧洲的十字路口的中心"。三件宝，指布鲁塞尔有第一公民小于连、原子球塔和滑铁卢古战场。

②　世界民族民俗馆：即布鲁塞尔有 80 多
种侨民，外国餐馆 1500 多家，有 74 所以外
国学生为主的中小学校、60 多所天主教堂、
15 所基督教堂、4 所希腊教堂等。

③　西欧之都国际侨：即布鲁塞尔是国际性
城市，被称为"西欧的首都"，这里有国际
组织 100 多个、银行 500 多家，外国人占
全市人口的四分之一。

马赛

法国南部地中海，
阿拉伯人移进来。
战歌国歌马赛曲，
天然老港新路开。

2006 年 10 月 20 日，于法国马赛市。

挪威首都奥斯陆

一

群山环抱奥斯陆，
内陆峡湾大洋出。
千年古城重教育，
绿地森林宜居住。

二

虎城火车站，
狮权议会前。

国王狮斧旗，

令捧雄威展。

2006 年 10 月 28 日，于挪威首都奥斯陆市。

凌云劲竹真君子

竹

翠绿

直无曲

萧萧风来

乍似蓬山雨

参天万丛高举

经寒不减当年绿

虚心节全君子仰慕

青青擢擢可折不可辱

异村秀出千林坚贞不屈

2007 年 3 月 18 日，于湖南省益阳市。

延安

革命圣地红色城，
历史文化中外名。
三山两河宝塔矗，^①
羊煤土气黄土情。^②

2007 年 9 月 14 日，于陕西省延安市。

---

① 三山两河宝塔矗：三山，指宝塔山、凤凰山、清凉山；两河，指延河、南川河。
② 羊煤土气黄土情：羊，指牧羊；煤，指煤炭；土，指紫砂陶土；气，指石油天然气。

南泥湾

自力更生大生产，
烂泥荒野造良田。
艰苦奋斗创伟业，
勤俭建国一脉传。

2007 年 9 月 14 日，于陕西省延安市南
泥湾。

满江红·亲近自然

山岳巍巍，
破长空气冲霄汉。
放眼望，
台阶地势，^①
自然千万。
天斧神工一百代，
峰回路转两重天。
鸟语花香碧空云淡，
春无限。

入森林，
过草原；
穿大漠，

观冰川。
揽江河湖海，
踏遍岛链。^②
中华儿女多豪迈，
祖国大地尽景观。
昂首望携风舞扬帆，
永向前。

2008 年 1 月 1 日，于北京。

---

① 台阶地势：中国的地势有三个台阶，三个台阶有两条棱线，两条棱线上有无数美景。一条棱线即青藏高原的边缘线，这条棱线是首尾相接闭合的。这条闭合的边缘线画出的青藏高原的形状很像一只鸵鸟。这只鸵鸟的头部是由中巴边境的喀喇昆仑山脉勾画的；背部的线条是昆仑山和祁连山；腹部是喜马拉雅山脉；腿和脚爪是横断山脉。这里的边缘处，即第一台阶向第二台阶过渡的棱上，

其雪峰、冰川、瀑布是足以傲世的美景。这里的冰雪与众不同，它是亚热带和温带的冰雪，是与绿树并存的冰雪。沿着第二台阶与第三台阶的分界线画一条线，这条线的两端大致是黑龙江省西北角的开库康镇和广西的东兴市。这条线是中国的又一条美带。山有大兴安岭、太行山、华山、武当山、神农架、张家界等；峡有晋陕大峡谷、三峡等；瀑布有壶口、黄果树、德天瀑布等；洞有双龙洞、腾龙洞、雪玉洞、黄龙洞、织金洞等；有天坑、地缝、竖井、天生桥等喀斯特奇观。当然，还有一条自然美景线，就是中国的海岸线和近海的岛屿。

② 踏遍岛链：第一岛链北起日本列岛、琉球群岛，东接台湾岛，南至菲律宾、大巽他群岛链形成的岛屿带。这里最关键的是台湾，它位于第一岛链的中间，具有极特殊的战略地位，掌握了台湾岛就能有效地遏制东海与南海间的咽喉战略通道，也有了通往第二岛链内海域的有利航道及走向远洋的便捷之路。第二岛链北起日本列岛，经小笠原群岛、

硫磺群岛、马里亚纳群岛、雅浦群岛、帛琉群岛延至哈马黑拉马等岛群。第三岛链主要是由夏威夷群岛组成。

薯都乌兰察布

塞外老城显神威，
新城建设在腾飞。
辉腾锡勒风电场，
中国薯都世界最。

2008 年 9 月 19 日，于内蒙古自治区乌
兰察布市集宁。

登黄鹤楼

龙腰再建黄鹤楼①，
雄浑典雅风格秀。
凭栏远眺心胸阔，
大江百湖三镇收②。

2009年2月27日，于湖北省武汉市蛇山。

---

①　龙腰再建黄鹤楼：黄鹤楼始建于三国时
期吴黄武二年（公元223年），传说是为了
军事目的而建。孙权为实现"以武治国而昌"
（"武昌"的名称由来于此），筑城而守，
建楼以瞭望。至唐朝，其军事性质逐渐演变
为著名的名胜景点。黄鹤楼原址在湖北武昌

蛇山黄鹤矶头，1700 多年来屡建屡毁，最后一座"清楼"建于同治七年（公元 1868 年），毁于光绪十年（公元 1884 年），此后近百年未曾重修。1981 年 10 月，黄鹤楼重修工程破土开工，1985 年 6 月落成。飞檐 5 层，攒尖楼顶，金色琉璃瓦屋面，通高 51.4 米，底层边宽 30 米，顶层边宽 18 米，全楼各层布置有大型壁画、楹联、文物等。与岳阳楼、滕王阁相比，黄鹤楼的平面设计为四边套八边形，谓之"四面八方"。

② 大江百湖三镇收：大江，即长江；百湖，即武汉有 100 多个湖；三镇，即武汉三镇。登楼远眺，不尽长江滚滚来，三镇百湖尽收眼底。

参观八七会议会址纪念馆有感①

黑云压城存亡关，
武装起义夺政权。
农村包围城市路，
不畏艰险永向前。

2009 年 2 月 28 日，于湖北省武汉市小
洪山花园。

---

① 参观八七会议会址纪念馆有感：1927
年 8 月 7 日召开的中共中央紧急会议（简称
"八七会议"），其会址坐落于武汉市汉口
鄱阳街 139 号（当年为三教街 41 号），是
一幢 20 世纪 20 年代初期建造的一底三楼的

西式公寓。开会时，这里是共产国际驻国民政府农民问题顾问拉祖莫夫的住宅。

八七会议的及时召开，并制定出继续进行革命斗争的正确方针，使党重新鼓起同国民党反动派斗争的勇气，从而为挽救党和革命作出了巨大贡献。中国革命从此开始由大革命失败到土地革命战争兴起的历史性转变。

参观宣化店国共和谈旧址

美蒋和谈备战忙，
打响内战第一枪。
中原突围战英勇，
胜利终归正义方。

2009年3月1日，于湖北省大悟县宣化店。

鹳雀楼

蒲州城西百尺楼，
俯瞰西厢古渡口。
鹳雀高飞杳不还，
唯见黄河天际流。

2009 年 5 月 19 日，于山西省永济县鹳雀楼。

大槐树

中原移民源何处，
晋人渊源明实录。
文化寻根哪里去？
山西洪洞大槐树。

2009 年 5 月 21 日，于山西省洪洞县大
槐树。

吕梁

南川河水市中穿，
龙凤两山立两边。
脚下老虎征自然，
头枕东方耀宇寰。

2009 年 5 月 22 日，于山西省吕梁市。

绿色大地

人民大众忙植树，
环保绿化风沙住。
防风治沙护林带，
绿色长城效益出。

2009年6月5日，于山西省怀仁县金沙滩。

都江堰

岷江水险浪滔滔，
二王治水创奇招。^①
鱼嘴内外分水走，
去祸浇田千里饶。^②

2009 年 11 月 10 日，于四川省都江堰。

---

① 二王治水创奇招：二王，指李冰父子。

② 去祸浇田千里饶：指都江堰能浇灌
1000 万亩良田。

万里箐

悬崖绝壁，栈道寨墙。

东西山门，锁隘难上。

竹海人家，浓雾茫茫。

独立家屋，灭匪茅房。

罗汉崖洞，突袭敌降。

百里围歼，匪窝扫光。

六十春秋，战场变样。

蜀南竹海，和谐兴旺。

2009 年 11 月 16 日，于四川省长宁县蜀
南竹海。

重庆灯火亮东方

两江交汇①，山水相映。

资源丰富，立体交通。

城山山城，雾都要津。

高崖为镇，三巴称雄。

三峡壮丽，天然奇功。

湖广会馆，移民商兴。

小吃夜景，麻辣火红。

人铸辉煌，现代都城。

2009年11月23日，于重庆至北京飞机上。

---

① 两江交汇：指嘉陵江和长江在重庆交汇。

战士送我老山兰

青山绿水阵地在，
中越交流贸易繁。
珍爱和平爱国心，
战士送我老山兰。①

2010 年 3 月 18 日，于云南省麻栗坡县
老山主峰。

---

① 珍爱和平爱国心，战士送我老山兰：边
防 2 团 8 连长期坚守在边防线上，这是一支
英雄的部队。我在老山主峰上慰问看望指战
员们，前哨排长热情地向我们介绍情况，我
再次看了他们的驻地——坑道、工事、猫耳

洞、伙房、宿舍等。战士们把精选的五盆老山兰送给我，这是我最宝贵的礼物！十分感谢日夜守卫祖国南大门的英雄官兵。

十二千亩大良田

热带雨林绿洲瀚，
植物胜界花满园。
动物王国基因库，
十二千亩大良田①。

2010 年 3 月 22 日，于云南省景洪市。

---

①　十二千亩大良田：即指西双版纳为傣语，
译音，"西"是"十"，"双"是"二"，"版
纳"是"一千块良田"，"西双版纳"就是
"十二千块良田"，这是古时按版纳的十二
个行政区划分的。

再上井冈山

再登井冈险峰口，
雄伟圣地红绿收。
云海日出映山红，
飞瀑大江向东流。

2010年4月2日，于江西省井冈山市茨坪。

红都瑞金

一代伟人井冈来，
红色故都瑞金开。
翻天覆地建政权，
人民战争出将帅。

2010 年 4 月 7 日，于江西省瑞金县。

丝茶鱼米文化乡

自古苏杭称天堂，
古都名城文化乡。
五馆五园一湿地，
鱼米丝茶富春江。①

2010年4月13日，于浙江省杭州市。

_____

① 五馆五园一湿地，鱼米丝茶富春江：五
馆，指浙江省有国家级博物馆5个，即中国
丝绸博物馆、中国良渚博物馆、南宋官窑博
物馆、胡庆余堂中药博物馆、张小泉剪刀博
物馆；五园，指浙江省有5个国家级森林公
园，即千岛湖国家森林公园、大奇山国家森

林公园、富春江国家森林公园、午潮山国家
森林公园和青山湖国家森林公园；2个国家
生态自然保护区，即天目山国家自然保护区
和清凉峰国家自然保护区；1个国家旅游度
假区，即之江国家旅游度假区；一湿地，即
杭州西溪国家湿地公园。

长江采石矶

绝壁临空扼江冲，
水流湍急气势雄。
千古一秀三矶首①，
跳江捉月骑鲸功②。

2010 年 4 月 20 日，于安徽省马鞍山市采石矶。

———————————————

① 千古一秀三矶首：三矶，指长江三矶，即马鞍山采石矶、湖南岳阳城陵矶、南京燕子矶。

② 跳江捉月骑鲸行：传说，唐代诗人李白醉酒后在采石矶跳江捉月，骑鲸而去。不因采石江头月，哪得骑鲸飞上天。

铜都

历史文化三千年，
八宝俱全开铜山①。
艰苦奋斗新城起②，
劳动创造世界先。

2010 年 4 月 22 日，于安徽省铜陵市。

---

① 八宝俱全开铜山：八宝，即指金、银、铜、
铁、锡、生姜、蒜子、麻。

② 艰苦创业新城起：铜陵 1956 年建市，
面积 1113 平方公里，人口 54 万，已是一座
现代化城市。

书乡

徽砚水源，
清澈流长。
林茶并茂，
粮油飘香。
纵横百业，
发奋图强。
勤劳淳朴，
好学书乡。

2010 年 4 月 26 日，于江西省婺源县。

草原路

草原公路已硬化，
畅通无阻到嘎查。
区域运输成立交，
三北万里顶呱呱。

2010 年 9 月 5 日，于内蒙古自治区呼伦
贝尔大草原。

走访北极村

神州北极最北端，
地理北纬五十三。①
龙江上游倚南岸，
金鸡之冠七星山。②

2010 年 9 月 12 日，于黑龙江省漠河县
北极村。

---

① 地理北纬五十三：指北极村是中国黑
龙江省漠河县最北的村镇，地理位置北纬
53°33′，东经122°21′。素有"北极村"
之称，是全国观赏北极光和极昼胜景的佳处。
② 龙江上游倚南岸，金鸡之冠七星山：指

漠河县北极村位于大兴安岭北麓，黑龙江上游南岸，是中国版图的最北端，是中国纬度最高的地域，素有"天鹅之首""金鸡之冠""神州北极"等美誉。

民族丰碑

红军长征过凉山，
彝海结盟佳话传。
民族团结一家亲，
彝汉同心做贡献。

2012 年 5 月 24 日，于四川省凉山彝族
自治州冕宁县洋坪山彝海。

东莞

粤东莞草鱼米村，
敢立潮头定乾坤。
三级所有村镇市，
经济腾飞万木春。

2014 年 4 月 11 日，于广东省东莞市。

育马场

太仆寺旗育马场，
清风习习奶茶香。
八万名马雄风扬，
洁白毡房草原乡。

2014 年 9 月 22 日，于内蒙古自治区锡
林郭勒盟太仆寺旗。

赠书

教育帮扶两个轮，
公益事业誉国魂。
利国利民兴大业，
好书育人献爱心。

2014 年 10 月 24 日，于北京南池子。

羊年春节

春节雨水同一天，
瑞雪飞舞天地欢。
神奇宇宙润万物，
羊年祝福丰收年。

2015 年 2 月 19 日春节，于北京南池子。

日练歌

读书看报，世界天地。
日记日史，发展对比。
写诗写字，益脑健体。
走路走访，心旷神怡。
五湖四海，情谊相系。
公益活动，奉献唯一。
环保绿化，洁净空气。
生活简朴，常人心理。

2015 年 2 月 28 日，于北京南池子。

青岛

海滨胜地八大关，
气候宜人七名湾。①
隧道大桥连三岛，
经济腾飞赛上天。②

2015 年 3 月 30 日，于山东省青岛市八
大关。

---

①　海滨胜地八大关，气候宜人七名湾：八
大关，是青岛最美的地方，这里静雅宜人，
一路一木，一木一林，在这林木其间建有一
幢幢上世纪初别墅式的欧式建筑。八大关景
区是最能体现青岛"红瓦绿树、碧海蓝天"

特点的风景区。所谓"八大关"，是因为这里有八条马路（现增加了武胜关路和山海关路），是以长城八个关口命名的，即韶关路、嘉峪关路、函谷关路、正阳关路、临淮关路、宁武关路、紫荆关路和居庸关路，故统称为"八大关"。这里集中了俄式、英式、法式、德式、日式等20多个国家风格的建筑。景区到处是郁郁葱葱的树木，四季盛开的鲜花，十条马路的树种各异。韶关路全植碧桃，春季开花，粉红如带；正阳关路遍种紫薇，夏天盛开；居庸关路是银杏和五角枫，秋季杏黄枫红；紫荆关路两侧是成排的雪松，四季常青；山海关路主要以梧桐为主；宁武关路则是海棠和枫树从春初到秋末花开不断，被誉为"花街"。七名湾，指青岛湾、团岛湾、汇泉湾、太平湾、浮山湾、崂山湾、胶州湾。
② 隧道大桥连三岛，经济腾飞赛上天：隧道大桥，指胶州湾隧道和胶州湾大桥；三岛，指青岛、黄岛和红岛；上天，指上海市和天津市。

信阳

桐柏伏牛两山间，
鸡公山下京广线。
南北要隘三关口，^①
楚头豫尾壮丽篇。

2015 年 4 月 19 日，于河南省信阳市鸡公山。

---

① 南北要隘三关口：三关，指信阳东有九里关，中有武胜关，西有平靖关，所以得名"义阳三关"（宋时名义阳）。

三沙

千里沙城一片蓝，
祖国南海最前线。
永兴学校新篇开，
建设宝岛四典范。①

2016 年 3 月 10 日，于海南省东海岸。

---

① 建设宝岛四典范：三沙市领导和建设者、
保卫者们开展了"争创军民融合典范、资源
节约典范、生态性循环典范、海岛风格典范"
活动，并将"四个典范"要求贯穿到各项工
作中。近些年来，三沙市大力进行了绿化宝
岛行动，并取得了初步成效。

戈壁荒漠上的绿色明珠

戈壁荒漠顽强生，
抗旱御沙克碱灵。
四十万亩胡杨林，
千年沧桑额济情。

2016 年 9 月 17 日，于内蒙古自治区额
济纳旗达来库布镇。

一名老战士的希望

我是战火中的幸存者

一路走来

全心全意为人民服务

有风雨硝烟

也有阳光鲜花

生命根植于中华大地

已没有什么个人私利

唯愿我党兴旺

国家富强

人民幸福

军队强大

祖国实现完全统一

无产阶级江山代代相传

共产主义旗帜高高飘扬！

　　2017 年 4 月 16 日，于北京南池子大枣树山泉。

五

巍巍丰碑励后人

(1)

短诗选

战斗英雄王汝汉

战斗英雄王汝汉，
危急关头冲在前。
赢得人称"打不死"，
战斗故事数不完。
三麦街端敌炮楼，
赵王固拔伪据点。
机智灵活斗日寇，
化装进城除汉奸。
平汉线上炸碉堡，
杀出重围勇当先。
功勋卓著显本色，
英名长存天地间。

1947年11月3日，于河北省曲周县南油村。

英雄指导员翟大元

顿庄浴血恶战，
敌我胶着壕间。
阵地枪吼炮鸣，
敌机鸦群盘旋。
炸弹串串落下，
英雄负伤大元。
肠子流出不顾，
依然为我压弹。
复仇烈火燃烧，
歼敌阵地前沿。
壮士碧血染地，
英雄精神万年。

1948 年 12 月 1 日，于安徽省宿县顿庄
核心阵地上。

普通一兵雷锋

平凡伟大一士兵，
万民颂扬雷锋名。
挤钻不懈学马列，
为党为民爱憎明。
公而忘私胸坦荡，
助人为乐献真情。
勤俭节约当模范，
艰苦奋斗是标兵。
学习雷锋好榜样，
永做一颗螺丝钉。

1963 年 7 月 1 日，于河北省易县好善庄村。

爱兵模范王克勤

解放战士王克勤，^①
家破人亡仇恨深。
诉苦会上心明亮，
"机枪圣手"重做人。
干部带兵手足情，
三大互助心连心。^②
四顶荣冠头上戴，^③
定陶战役献终身。
团结助人练思想，
爱兵模范誉三军。

1981年4月6日，于安徽省滁州市三界。

① 解放战士王克勤：王克勤，安徽人，1945年10月在平汉战役中被我军解放，参加中国人民解放军，任机枪射手，后来历任副班长、班长、副排长、排长等职。1946年10月参加中国共产党。1947年7月10日，在鲁西南战役歼灭定陶蒋军整六十三师一五三旅的战斗中英勇牺牲。刘伯承司令员发表《悼念王克勤同志》的文章，发表在1947年7月24日晋冀鲁豫《人民日报》上。

② 三大互助心连心：指思想互助、技术互助、体力互助。

③ 四顶光环头上戴：指爱兵模范、爱民模范、杀敌英雄、模范党员。

舍身为国的战斗英雄董存瑞

耳畔已响冲锋号，
战友奋然奔如潮。
为夺胜利毅然起，
只手托举炸药包。
春雷化作春色绿，
身躯铺就胜利道。
万马千军同一吼，
新生中国天破晓。

1986 年 8 月 19 日，于河北省隆化县。

人民英雄永垂不朽

这是为青峰寺战斗中英勇牺牲的烈士们书写的碑文。

青峰高耸林竹翠，
江安剿匪一丰碑。
追忆当年鏖战事，
犹闻军号耳边吹。
建国胜利第一春，
五星红旗映朝晖。
匪伪凶顽心不死，
负隅西南聚魑魅。
青峰绝壁如刀削，
易守难攻赛铁垒。

五百余匪霸山顶，
抢粮阻运胡非为。
我部奉命当尖兵，
横扫阴霾歼叛匪。
四连五连齐奋勇，
势如破竹迅如雷。
三次冲击七道拐，
前赴后继大无畏。
短兵相接夺寨门，
全歼匪帮显神威。
吾是此战参加者，
每当追忆心潮沸。
三十二位战友魂，
化作青峰入翠微。
先辈遗愿后人继，
烈士英名千古垂。

1992 年 8 月 1 日，于四川省江安县青峰
寺烈士陵园。

如梦令·参观马克思故居

国际宣言示预，^①
无产阶级胜利。
众仰马克思，
坚信共产主义。
主义，
主义，
人类自由真谛。

贫病流亡养育，
聪慧睿智飘逸。
站在比利时，
指点江山更替。
更替，

更替，

世界翻天覆地。

1996 年 10 月 6 日，于比利时首都布鲁
塞尔市。

---

① 国际宣言示预：宣言，指《共产党宣言》。
在布鲁塞尔市政厅前大广场的东侧有一座称
为"天鹅之家"的历史性建筑。当年，这里
是"德国工人协会"的活动场所。马克思曾
在这里作过关于"雇佣劳动与资本"和关于
自由贸易的演说。第一国际的比利时支部曾
设在这里。比利时工人党（社会党的前身）
1885 年也在这里诞生。马克思 1845 年 2 月
被法国驱逐后，于 3 月 2 日偕夫人和女儿来
到布鲁塞尔居住，直到 1848 年 3 月 4 日。
在此期间，马克思完成了《德意志意识形态》
《哲学的贫困》和《共产党宣言》三部伟大
的著作。

狼牙山五壮士^①

日军扫荡狼牙山，^②
飞机大炮人马喧。
掩护群众迎顽敌，
棋盘陀上鏖战酣。^③
兽军紧逼似蚁聚，
战士固守坚如磐。
弹尽石击齐跳崖，
忠骨成虹映长天。

1997 年 8 月 26 日，于河北省易县狼牙山。

———————————————

① 狼牙山五壮士：指马宝玉、葛振林、胡

德林、胡福才、宋学义五位壮士。

② 日军扫荡狼牙山：狼牙山因其峰峦状似狼牙而得名，是晋察冀边区东线大门，有五陀三十六峰，面积 225 平方公里，群峰突兀连绵，宛如一群雄狮猛兽，伏卧在易县东南部，它不仅在军事上有重要位置，而且是根据地"宝库"，山上存放着很多弹药、被装、粮食，是敌人进攻的重点。

③ 棋盘陀上鏖战酣：棋盘陀，因顶端一块大岩石上刻有棋盘而得名，陡峭险峻，悬崖绝壁。另外两面，一面连接主峰莲花瓣，上了莲花瓣三面绝壁深谷，一面是陡坡，坡上有一条凿缝小路。

伟大领袖毛泽东

共产主义方向明，
建党为民大业兴。
秋收起义上井冈，
武装斗争聚群英。
星火燎原播火种，
遵义掌舵长征胜。
创建革命根据地，
铸就延安大本营。
文韬武略善用兵，
八年抗战众志城。
高瞻远瞩才智雄，
解放战争大反攻。
军事思想展奇才，

决战决胜乾坤定。

开天辟地创伟业，

五星红旗北京升。

推翻三山功盖世，

人民解放大救星。

一代伟人东方亮，

开国领袖中外名。

主席思想放光芒，

社会主义江山红。

1998 年 6 月 14 日，于江西省井冈山市。

伟大的共产主义战士方志敏

发动群众农会建，
土地革命红旗展。
模范苏区新天地，
武装起义建政权。
革命事业泰山重，
军长书记一肩担。
横跨四省近百县，
机动灵活游击战。
艰难险阻都不怕，
率领军民战三山。
能弃一切不舍党，
一息尚存继续干。
浩然正气信念坚，

东南半壁鲜血染。

民族英雄方志敏，

千秋大业代代传。

1998 年 7 月 1 日，于江西省南昌市。

侦察英雄杨子荣

侦察英雄杨子荣,
林海剿匪建奇功。
活捉匪首座山雕,
深入虎穴摸敌情。
杏树村里说降匪,
许大马棒一扫清。
一颗红心忠于党,
中华大地留英名。

1999 年 7 月 21 日, 于黑龙江省海林县杨子荣烈士纪念馆。

平凡英雄

平凡伟大三英雄，
著文题词主席颂。①
山中烧炭张思德，
服从分配不图名。
全心全意为人民，
楷模雷锋普通兵。
慷慨就义刘胡兰，
面对敌威壮豪情。
革命工作无贵贱，
国家需要尽忠诚。

2000 年 5 月 1 日，于北京。

---

① 著文题词主席颂：主席，即毛泽东主席。

烈火英雄邱少云

战斗英雄邱少云，
生死关头见真金。
烈火焚身何所惧，
国际主义义务尽。
钢铁意志人敬赞，
守纪英雄世难寻。
舍生为友全局在，
千秋传颂感后人。

1998 年 10 月 3 日，于甘肃省武威 56 旅
邱少云烈士纪念馆。

为人民服务的典范张思德

长征老战士，
深山去烧炭。①
备料又打窑，
敢于挑重担。
革命有分工，
样样精深专。
全心为官兵，
为民称典范。
伟大出平凡，
主席著名篇。②

1998 年 10 月 12 日，于陕西省延安市
四八烈士陵园。

① 长征老战士：指张思德，四川仪陇人，中共中央警备团的战士。他 1933 年参加红军，经历长征，负过伤，是一个忠实为人民服务的共产党员。1944 年 9 月 5 日在陕北安塞县山中烧炭，因炭窑崩塌而牺牲。

② 主席著名篇：主席，指毛泽东；著名篇，指毛泽东主席 1944 年 9 月 8 日在中共中央警备团张思德同志追悼会上的演讲《为人民服务》。

人民英雄刘志丹

西北有个刘志丹，
领导红军战陕甘。
武装斗争战卓绝，
三起三落意志坚。
开辟革命根据地，
红军长征落脚点。
中央红军到延安，
主席救人真果断。①
挥师东征扫敌寇，
甘洒热血荐轩辕。
中华上下五千年，
民族英雄美名传。②

1998年10月12日，于陕西省志丹县。

① 主席救人真果断：指毛泽东主席。

② 中华上下五千年，民族英雄美名传：1936 年 2 月，中央决定组织中国人民红军抗日先锋队渡河东征。即派主力红军红一军团和红十五军团，东渡黄河进入山西。刘志丹和宋任穷率领红二十八军从佳县以北渡过黄河后向离石以南黄河沿岸地区进击。4 月 14 日进入山西省中阳县三交镇，国民党军有一个团防守这个重要渡口，并做有坚固工事。14 日午后，正当刘志丹在前沿阵地指挥战士向敌人发起冲锋时，不幸左胸中弹，伤了心脏，光荣牺牲，时年 33 岁。

战功卓著黄公略

广州暴动风云急，
平江率部举义旗。
山地游击壮队伍，
龙冈大战巧胜敌。①
大义灭亲肝胆照，
三反"围剿"用兵奇。
移师瑞金遭敌机，
子弹穿胸血染衣。
公略英名垂千古，
遗愿自有后人继。

1998 年 10 月 12 日，于陕西省延安市。

---

① 龙冈大战巧胜敌：指歼灭国民党张辉瓒师。

人民公仆焦裕禄

不见沙碱泡桐多，
五月小麦黄金波。
人民公仆焦裕禄，
勤政廉洁民高歌。

1999 年 5 月 20 日，于河南省兰考县。

舍身堵枪眼英雄黄继光

狂敌隐碉堡，

恶战士气高。

英雄奋勇跃，

身堵枪眼傲。

拔掉火力点，

生命开通道。

疾风扫残敌，

阵地红旗飘。

1999 年 7 月 8 日，于辽宁省沈阳抗美援
朝烈士陵园。

民族英雄杨靖宇

抗日名将杨靖宇，
英勇事迹传大地。
纵横五省打日伪，
联合抗战牵强敌。
三十五岁殉沙场，
尸体解剖鬼神泣。
民族英雄世敬仰，
千秋万代永牢记。

1999 年 7 月 11 日，于吉林省通化市杨靖宇烈士陵园。

巾帼英雄赵一曼

巾帼英雄赵一曼，
须眉相比都汗颜。
跨马穿林打日寇，
白山黑水慑敌胆。
坚贞不屈女政委，
严刑拷打志愈坚。
慷慨就义告别歌，
血写遗书感地天。

1999 年 7 月 19 日，于黑龙江省尚志市。

向爱民模范谢臣学习

革命战士源人民，
甘为大众献青春。
视民父母如赤子，
助人为乐无声润。
山洪突发灾祸生，
激流汹涌山庄吞。
勇于献身救乡亲，
爱民模范万古存。[①]

2000 年 5 月 5 日，于北京。

---

① 爱民模范万古存：爱民模范，即谢臣，

回族。1960年3月入伍，1963年8月8日，在冀西北山区山洪中抢救儿童牺牲。1964年1月，国防部追授他"爱民模范"称号，生前所在班被命名为"谢臣班"。

国际主义战士

不分民族与国家，

互相支援友谊花。

万里援华白求恩，

印度友人柯棣华。

爱民模范罗盛教，

友邦救童殉冰下。

战斗英雄杨黄邱，^①

献身异国传中华。

2000 年 5 月 7 日，于北京。

---

① 战斗英雄杨黄邱：杨，即杨根思，中国

人民志愿军"特级英雄""朝鲜民主主义人民共和国英雄";黄,即黄继光,中国人民志愿军"特级英雄""朝鲜民主主义人民共和国英雄";邱,即邱少云,中国人民志愿军"一级英雄""朝鲜民主主义人民共和国英雄"。

民族英雄马本斋

军阀混战民遭殃，
弃官求明归故乡。
高举义旗杀日寇，
回民支队震四方。
沧河破路截军车，①
奇袭拔点敌恐慌。
驰骋冀鲁摆精兵，
攻无不克锦旗奖。
马母绝食真英烈，
民族大义铭高堂。
国仇家恨怒填膺，
智勇双全不可挡。
民族英雄马本斋，

爱国精神万古芳。

2001 年 2 月 2 日，于山东省莘县张鲁集马本斋烈士陵园。

---

① 沧河破路截军车：沧河，指沧州、河间公路。

千秋女杰杨开慧

妇女先驱闹革命，
慧眼识人毛泽东。
斗敌无畏大智勇，
宁死不屈守忠诚。
千秋女杰方二九，
光照中华豪气升。
国之骄杨天人敬，
伟大战士真英雄。

2001 年 4 月 7 日，于湖南省长沙县下板
仓杨开慧故居。

人民怀念周恩来

开国总理周恩来，
万人师表民敬爱。
鞠躬尽瘁献终身，
世纪伟人名中外。

2001年5月16日，于江苏省淮安市周
恩来故居。

喜贺孙毅将军百年华诞

百岁人生
一代将星
德高望重
铁骨铮铮

2003 年 5 月 12 日，于北京。

强渡大渡河十八勇士

敌军尾追数十万，
大渡河畔壁垒严。
虎啸龙吟湍流急，
千钧一发系危安。
先遣奔袭安顺场，
一叶孤舟闯险关。
十八勇士肩重任，
飞流激浪克天险。
头顶弹雨避暗礁，
神炮助我抢登滩。
短兵相接白刃战，
血溅魂飞敌逃窜。

红军不是石达开，

英雄壮举史无前。

2005 年 4 月 12 日，于四川省泸定县泸定桥。

朱德总司令

忧患奋斗军中长，
上下求索找到党。①
南昌起义第一枪，
井冈会师红军强。
艰苦长征大转移，
度量如海意如钢。
敌后抗战渡难关，
解放战争胜利榜。
人民战争灭日伪，
龙韬虎略胜蒋帮。
人民军队总司令，
屹立东方威名扬。
三大革命铸辉煌，

英勇善战响四方。②

人民公仆为人民，

鞠躬尽瘁建国防。

2005 年 4 月 21 日，于四川省仪陇县李家湾朱德故居。

---

①　上下求索找到党：党，指共产党。

②　三大革命铸辉煌，英勇善战响四方：指他一生经历了旧民主主义革命、新民主主义革命、社会主义革命和建设三个历史时期，毕生英勇奋斗，为人民军队的建设和发展，为中国人民解放事业和共产主义事业，建立了不朽的功勋。

刘伯承元帅

家庭贫穷弃学堂，
挑煤打工苦中长。
川中名将找到党，
南昌起义参谋长。
留学回国到苏区，
任职红军是总长。
统一整编八路军，
挺进敌后当师长。
刘邓大军战太行，
晋冀鲁豫在成长。
千里跃进大别山，
中原逐鹿我生长。

淮海决战渡长江，
蒋家王朝败势长。
战略追击进西南，
人民胜利迅速长。
成都战役得胜利，
人民政权日久长。
院校建设奠基人，
治校育军将才长。
功勋卓著传奇迹，
战略研究小组长。
身经百战大元帅，
全国人大委员长。
军事理论教育家，
军事宝库天天长。
暮年壮心革命家，
鞠躬尽瘁胸中长。
党旗国旗军旗红，
千秋大业卓越长。

亿万军民思栋梁，

举目九天帅星长。

2005 年 4 月 24 日，于重庆市开县沈家
大湾刘伯承故居。

喜贺萧克将军百岁华诞

揭竿而起真英雄，
铁骨铮铮名将星。
为人师表育人才，
兴国富民千秋功。

2006 年 7 月 14 日，于北京。

访马克思出生地①

今天上午 7 时从比利时布鲁塞尔出发，经卢森堡，至 10 时 59 分抵达德国特利尔市，再进德国是为了专访马克思出生地。

行军千里艳阳天，
瞻仰伟人遂心愿。
科学思想普天照，
共产主义灯塔闪。

2006 年 10 月 18 日，于德国特利尔市。

① 访马克思出生地：1818 年 5 月 5 日，马克思出生在德国特利尔市布吕肯大街 10 号，这是一座三层小楼，有天井。马克思有三女一子，家庭成员包括爱妻、保姆与子女。此楼现在是"马克思故居博物馆"。故居建于 1727 年，是一座巴洛克式住宅，几经修改，现在见到的房屋是哥特式的。

悼念洪学智同志

南征北战建奇功，
千军万马粮草行。
两授上将独一人，
铮铮铁骨大英雄。

2006 年 11 月 22 日，于北京。

一代将星孔庆德

战士将军铁骨坚，
英勇善战斗敌顽。
长征抗日灭蒋朝，
推翻三山英雄汉。
焦枝铁路总指挥，
二汽建设做贡献。
艰苦奋斗葆本色，
忠诚直言一身廉。

2007年5月28日，于北京市赵家楼。

人民代表申纪兰

著名劳模出西沟，
人大代表六十秋。
鞠躬尽瘁为国家，
朴实无华写春秋。

2009 年 5 月 14 日，于山西省平顺县西
沟村。

人民英雄刘胡兰

云周西村起狼烟，
阎匪进村露凶残。
铡刀淫威何所惧，
英勇就义有赤胆。
共产主义理想在，
为党献身心自甘。
千秋大业后人继，
革命精神代代传。

2009 年 5 月 24 日，于山西省文水县刘
胡兰纪念馆。

悼念刘华清同志

少共书记闹革命，
忠心耿耿骨头硬。
文韬武略打江山，
南征北战建奇功。
七十受命大局先，
德高望重贵品行。
只谋真理为人民，
鞠躬尽瘁铸长城。

2011 年 1 月 14 日，于北京。

当代神农袁隆平

2011 年 3 月 28 日上午，在国家杂交水稻技术中心海南基地，与"当代神农"袁隆平亲切交谈，了解培育杂交水稻的历程、现状和发展趋势，参观试验田，并合影留念。他赠送《袁隆平口述自传》，我回赠《回忆录》《血洗征尘》《戎州征战记》等。

不怕失败再试验，
八年磨炼过五关。①
四大突破不停步，②
投三收四再登攀。③
头顶烈日脚踩泥，
低头弯腰耕耘天。

两愿一梦撒智慧，④
超越名利大爱献。

2011 年 3 月 28 日，于海南省三亚市国家杂交水稻工程技术中心海南基地。

---

① 八年磨炼过五关：五关，即提高雄性不育率关，三系配套关，育性稳定关，杂交优势关，繁殖制种关。

② 四大突破：即超级杂交水稻晚稻亩产量高，稻谷结实率高，稻谷千粒重量高，筛选出适合华南地区种植的两个中国新型香米新品种。

③ 投三收四再登攀：投三收四，即用三亩地收四亩地的粮食；再登攀，即向亩产 900 公斤粮的目标前进。

④ 两愿一梦撒智慧：两愿，即两个心愿，一是把"超级杂交稻"合成，二是让杂交稻走向世界；一梦，即袁隆平的禾下乘凉梦：

我曾梦见杂交水稻的茎秆像高粱一样高，穗子像扫帚一样长，籽粒像花生米一样大，我和助手们一块在稻田里散步，在稻穗下面乘凉……后来我把这个梦称为"禾下乘凉"。

喜贺红军女战士王定国
同志诞辰一百周年

百岁寿星红色兵，
功勋卓著铁骨铮。
千难万险砺壮志，
山河大地颂英雄。

2012 年春，于北京。

爱民模范谢臣班

人民至上做贡献，
拥政爱民是模范。
伟大战士忠于党，
爱军习武卫国安。
艰苦奋斗传家宝，
谢臣精神代代传。
英雄连队育英雄，
开拓创新永向前。

2014年10月10日，于山西省大同市驻
军部队谢臣班。